VIRGINIE,

OU

L'ENTHOUSIASME DE L'HONNEUR.

DE L'IMPRIMERIE DE RICHOMME,

RUE SAINT-JACQUES, N°. 67.

VIRGINIE,

OU

L'ENTHOUSIASME

DE L'HONNEUR;

TIRÉ DE L'HISTOIRE ROMAINE;

AVEC DES NOTES;

PAR Mme. ELISABETH C***,

Auteur d'*Emile et Rosalie*.

L'honneur est à-la vie morale, ce que l'air
est à l'existence physique.

VIRGINIE.

TOME TROISIÈME.

A PARIS,

Chez Ch. VILLET, Libraire-Commissionnaire,
rue du Battoir-St.-André, N°. 20.

1822,

VIRGINIE,

ou

L'ENTHOUSIASME DE L'HONNEUR.

CHAPITRE XXVIII.

Evénemens politiques. Perfectionnement du caractère d'Azamé.

Le surlendemain, Azamé retourna avec sa pupille à la chaumière des roches, et continua ainsi :

L'hiver s'était écoulé pendant la triste narration que je fis à Térentille. On était alors au mois de février, et les jours, moins courts et plus doux, rendaient les visites de la veuve d'Icilius, à la chaumière des roches, non plus fréquentes, car sa prudence n'était jamais en défaut, mais plus longues, en lui permettant d'amener ses enfans. Ceux-ci jouaient avec le jeune

Zumelio, tandis que toutes deux, re-
tirées dans le rustique atrium, nous
émoussions mutuellement le trait aigu
de l'affliction, en le présentant sans
cesse à l'amitié.

Mais après quelques entrevues, Térentille voulut m'interdire le mélancolique et dangereux plaisir de renouveler mes confidences. Azamé, me
dit-elle, éloignez désormais tous ces
souvenirs: lorsque l'amour commence
à naître, qu'il ne vit que dans un soupir, il faudrait alors en parler sans
cesse : c'est une légère étincelle, qui se
dissiperait dans l'air, et qui, renfermée
dans le cœur, se nourrit, l'agite et
l'embrase : mais lorsque cette fugitive
émotion est devenue une passion impétueuse, il faut la concentrer, l'étouffer dans un silence profond, dans un
silence absolu de paroles et de pensées;
car elle est alors comme un incendie
dont le moindre vent augmente l'é-
tendue et la dévorante activité. —

Hélas! répliquai-je, le cœur, rebuté de l'aridité des rigueurs du devoir, fait précisément le contraire..... — Azamé, pouvez-vous vous exprimer ainsi ? votre amour a vécu de souffrances, ne s'alimente encore que de pénibles regrets, et la raison qu'environne la paix et qu'embellit l'amitié, ne vous offre-t-elle aucun charme ?

Hélas! ma Virginie, je ne veux rien te déguiser : ces paroles étaient vides de sens pour mon esprit égaré par l'amour. Térentille le vit, et n'en devint que plus sévère; elle ne me permettait pas un mot sur ton père, elle me reprochait un soupir, elle s'indignait d'une larme; ses leçons avait une sorte de laconisme et de rudesse, qui, loin d'affermir mon âme, la révoltait, et l'encourageait dans son erreur en lui présentant une excuse. Le contraste de mon caractère et de celui de Térentille, la vivacité de mon imagination, ma profonde solitude, la certi-

tude d'être encore aimée, entretenaient
mon amour : je me retraçais toutes les
actions, les moindres paroles, les ges-
tes de mon amant ; je formais mille
chimériques plans de réunion : n'osant
en parler ouvertement à Térentille,
je l'amenais indirectement à faire men-
tion de Virginius ; j'exaltais le patriotisme et la valeur, parce que ces vertus la conduisaient au souvenir de son
époux, et par suite à ton père ; j'inter-
rogeais Icilia et son frère sur tout ce
qu'ils pouvaient savoir de leur tuteur,
et je répétais à Avibal, à Zumelie, ce
que je leur avais dit cent et cent fois
sur ce dangereux sujet.

Térentille était régulièrement ins-
truite des événemens publics par les
fréquens voyages de Virginius à la villa
du tombeau : elle m'en entretenait uniquement et constamment, afin que l'intérêt des affaires politiques m'arrachât
à tout autre intérêt ; mais elle disait les
recevoir d'un parent d'Icilius, car elle

savait trop bien, à son extrême surprise, que si elle eût dit les tenir de
Virginius, l'attention que j'aurais
donnée à l'historien ne m'en eut plus
laissé pour l'histoire. —

Ce fut ainsi, ma fille, que Térentille m'apprit successivement la proposition de la loi Térentia, et les funestes débats qui la suivirent. Tu
connais, ma Virginie, son aversion
contre tout changement : juge quelle
était sa consternation. Azamé, me disait-elle, les tribuns, qui ont été éta-
blis pour protéger le peuple contre les
entreprises des nobles, abusent si bien
de leurs priviléges, que, par réaction,
rien ne peut plus défendre les patriciens contre les envahissemens hardis
de ces magistrats populaires*: Térentius-
Arsa y met le comble : il demande que
l'on nomme cinq commissaires pour
restreindre l'autorité du consulat, qui
était, dit-il, une double royauté, et
pour tracer un code de lois précises.

qui règle tous les jugemens publics et
particuliers, afin que les Romains ne
soient plus exposés aux condamnations
arbitraires de l'animosité et de l'igno-
rance. C'est ainsi que le factieux Té-
rentius désigne ces premiers temps de
la république, où les Romains étaient
jugés par leurs consuls et leurs pré-
teurs, qui ne suivaient point d'autres
règles que celles de l'équité naturelle.
Ces lois primitives sont si simples et si
sacrées, que les grands se sont soule-
vés généralement contre la nouvelle
proposition*, et la regardent (ce qu'elle
est en effet) comme une des ruses or-
dinaires aux tribuns pour gouverner
l'Etat en le bouleversant : ils la combat-
tent tous : les anciens sénateurs, par
des discours étudiés, et les jeunes patriciens, par des voies de fait. Quinctius-
Ceso, fils de l'illustre Cincinnatus,
brave, éloquent, intrépide, se met à
la tête des derniers, les anime, les enflamme, et le jour des comices (1) con-

voqués pour l'acceptation de la loi Térentia, il accourt au Forum, il déchire
les bulletins, renverse et confond les
curies, invective les tribuns, et dis-
perse le peuple réuni pour donner ses
suffrages.

Les tribuns furieux prononcent la
mise en jugement du brave Ceso; mais
en vain ils dénombrent et aggravent
ses torts, dans des harangues insi-
dieuses et passionnées, le témoignage
de Lucrétius, personnage consulaire,
la protection du dictateur Quinctius,
oncle du coupable, et plus encore les
vertus sans tache de son père, vont le
faire absoudre. Alors le tribun Volscius, faible, convalescent, revêtu
d'habits de deuil, se lève, et d'une voix
que semblent altérer la maladie, l'indignation et la frayeur, il accuse Ceso
d'avoir tué son frère *, et de l'avoir mis
lui-même en cet état; parce qu'il a
voulu prendre la défense de ce frère
chéri. Son discours était préparé avec

tant d'art et accompagné de circonstances si vraisemblables et si touchan-
tes, que Ceso, quoique innocent, demeure interdit, et que le peuple demande à grands cris sa mort. Le respect
qu'inspire Cincinnatus empêche seul
que l'on ne se jette sur son fils pour
le déchirer, et fait remettre à la nundine suivante pour prononcer l'arrêt
fatal. Volscius, obligé de différer le
coup, veut s'assurer de sa victime par
la prison, malgré que les lois n'or-
donnent que l'arrestation d'un crimi-
nel convaincu. La famille et les amis
de l'accusé les invoquent et s'offrent
pour caution: Volscius ne peut refuser:
Ceso conserve sa liberté, et s'enfuit la
nuit suivante en Toscane.

Les patriciens dirent alors au peuple qu'il doit se contenter de l'exil de
son ennemi *, mais les tribuns, plus
acharnés que jamais, condamnent les
garans de Ceso à une amende de trois
mille as d'airain: son généreux père

ne souffre point que ceux-ci l'acquit-
tent ; il vend tous les biens qu'il tenait
de ses pères, paye jusqu'à la dernière
obole, et est forcé de cultiver, pour
subsister, quelques arpens de terre,
seul débris de sa fortune *.

O dieux ! un patricien, un sénateur
ainsi réduit ! mais les tribuns trouvent
leur humiliation dans ce succès : l'esprit de fraude et de vengeance qu'ils
ont montré dans cette affaire, le dé-
nuement auquel ils ont forcé le vénérable Cincinnatus, exaspèrent les jeunes patriciens, qui ne gardent plus
aucune mesure envers ces magistrats
du peuple. Ils interrompent leurs harangues par des menaces, chassent
leurs auditeurs, les poursuivent avec
des huées, et les plébéïens disent : « *Que
pour un Ceso, on en voit renaître
mille.* »

Vingt fois, ma chère Virginie, j'a-
vais essayé d'interrompre Térentille,
pour lui demander si Virginius prenait

part à ces débats : je ne le fis point ; la
chaleur de son discours, et mon trouble m'en empêchèrent ; mais à la fin
je lui dis timidement : et dit-on si Virginius ?.... — Virginius vous occupe
encore dans de si graves circonstances.
— Eh quel autre intérêt puis-je avoir ?
— Térentille ne me répondit rien, et
sortit indignée : je ne la revis point
pendant douze jours. D'abord je me
félicitai d'être délivrée d'un censeur
importun et sévère, puis, par degrés, je
me fis d'amers et justes reproches :
ainsi donc, me dis-je, je sacrifie la
raison, ma dignité, une amitié zélée
et sincère, à une passion malheureuse,
coupable, inutile, hélas ! que l'exalta-
tion de mon imagination, la mollesse
de ma volonté, fomentent, éternisent
seules, car une solide réflexion, une
résolution ferme, suffiraient pour l'a-
néantir.

J'étais occupée de ces salutaires
idées, lorsque je vis venir à moi le

jeune Icilius, inquiet, affligé de ces
douze jours de séparation, car il m'aimait tendrement. — Il vous aimait,
interrompit Virginie.... ah! du moins
ce sentiment a joint nos cœurs. — Je
craignais, chère Azamé, que tu ne
fusses malade, me dit-il en m'embrassant : j'ai souvent demandé à maman
de m'emmener te voir : elle m'a refusé,
sous prétexte d'occupations, et je suis
venu seul; mais pourquoi n'es-tu pas
venue, toi, bonne Azamé? est-ce que
maman t'aurait fait du mal? — Oh
non, non, m'écriai-je, au contraire....
— Eh bien, hâte-toi d'aller vers elle;
elle est plus soucieuse, plus triste que
jamais : viens, viens donc. Je suivis
l'aimable enfant, et le quittant en ar-
rivant à la villa du tombeau, j'allai
trouver Térentille près du monument
de son époux : mon amie, lui dis-je,
vous m'avez abandonnée....—Parce que
vous avez abandonné la raison : Azamé, écoutez-moi; je vous chéris : après

la gloire de mon pays, et mes enfans;
votre société est ma plus douce consolation ; mais si vous me regardez
comme la confidente d'une lâche et
folle passion, tout est rompu entre
nous : si vous cherchez une sincère
amie qui vous éclaire et vous guide, je
vous tends les bras. — Je m'y jetai
en pleurant. Vous renoncez donc à
l'amour, ajouta Térentille, que ce soit
pour jamais : faites-en le serment sur
cette tombe auguste. — Oui, m'écriai-
je, je le jure au libérateur de Virginius...
O brave guerrier, tu lui sacrifias ta vie,
je lui sacrifie bien plus encore.

Quoique mécontente de la forme
de ce serment, Térentille, satisfaite de
l'avoir obtenu, voulut achever sa victoire. Les dieux se chargent, me dit-
elle, de l'exécution de votre promesse:
la rapidité et l'intérêt des affaires politiques, en excitant plus que jamais le
patriotisme, rempliront à la fois votre
esprit et votre cœur. Après l'exil de

Céso, les tribuns, outrés de la noble résistance des patriciens à leurs projets
séditieux, ont répandu sourdement de
sinistres bruits , et bientôt, affectant
un air consterné , ils feignirent d'avoir
reçu , par un inconnu , une lettre ano-
nyme qui leur révélait le plus horrible complot : alors ils se rendent au
sénat , et dénoncent que Céso, com-
mandant un corps d'Eques et de Vols-
ques, doit venir à Rome, dont une partie des grands lui facilitera l'entrée ;
qu'ils se réuniront alors, égorgeront
les tribuns, déposeront les consuls et
rétabliront le gouvernement tel qu'il
existait avant la retraite du peuple sur
le Mont sacré (2). Les tribuns termi-
nent en demandant de promptes mesures pour leur sûreté, et la punition
des coupables. *

Consentir ou refuser semblait également dangereux. Les sénateurs res-
taient indécis, lorsque le consul Caïus-
Claudius se lève, et dit qu'il était prêt

3. 2

à se joindre au tribunat pour sa défense et celle de la patrie, mais seulement lorsque la conjuration serait
prouvée. Que ne la confirmez-vous
dès l'instant, tribuns, s'écria-t-il; que
ne dévoilez-vous la concordance de
vos indices précédens avec la conspi-
ration présente? Que ne produisez-
vous le révélateur? Que ne nommez-
vous les sénateurs et les chevaliers
inculpés? Pensez-vous que sur une dé-
nonciation vague et confuse, nous met-
trons à votre disposition le sang le plus
pur et le plus précieux de l'Etat? Expliquez-vous, nous sommes prêts à
vous satisfaire..... Le silence est votre
unique réponse....... Eh bien! pères
conscripts, continua le véhément orateur, reconnaissez dans cette atroce
calomnie le revers de l'arme dont ces
artisans de discorde ont frappé le magnanime Ceso, et que votre faiblesse
dirige sur vos propres têtes, en l'ayant
laissé tomber sur la sienne *.

A ces paroles, les tribuns confondus se retirent et courent au Forum souffler au peuple le venin de leur rage : le consul les suit, et montant à la tribune, il développe le discours qu'il vient d'adresser au sénat, avec cette force de raisonnement, cet accent de vérité qui porte la conviction, et démontre jusqu'à l'évidence que ce prétendu complot était un noir artifice des tribuns *.

Les événemens publics m'intéressaient vivement, ma fille, mais non exclusivement : j'avais besoin d'un sentiment plus doux, je le cherchai dans l'attachement d'Icilius. — Ainsi, dit Virginie, vous l'élevâtes comme moi. — Non, mon amie ; le sexe d'Icilius, la pétulance de son humeur, ses inclinations belliqueuses, l'éloignaient incessamment de moi : il passait tout le jour à lutter avec les enfans de son âge, à les dresser à diverses évolutions, à porter et lancer au loin de lourds fardeaux : il détournait le cours des ruis-

seaux, suivait les daims à la course;
gravissait les rochers, pénétrait dans les
antres profonds : Icilia suivait à peu près
le même genre de vie que son frère ;
je les voyais l'un et l'autre bien rarement. Le ciel, en ne me laissant d'autre secours que la raison, voulait sans
doute t'apprendre, par mon exemple,
qu'elle suffit pour vaincre une passion
sans espoir. — Oui, je le crois, dit Virginie avec un long effort... Mais, mon
amie, vous ne savez rien de plus sur
Icilius? Azamé sourit. Ma fille, tu voulais l'oublier. — Je le voulais, hélas!...
Ah! ma mère, chaque fois que ma faiblesse vous adressera cette question,
ne me faites que cette réponse. Ma fille
chérie, reprit Azamé, après t'avoir en-
tretenue si long-temps de mes erreurs
et de mes peines, combien je jouis de
pouvoir t'apprendre mes victoires sur
moi-même, et les consolations qui les
suivirent! Les efforts de Térentille
pour me guérir de la précipitation er-

ronée du jugement, où m'entraîna
tant de fois ma vive imagination, et
une espérance présomptueuse et passionnée, furent enfin couronnés d'un
plein succès : j'armai ma volonté de
force et de persévérance, j'employai
toute l'ardeur de mon caractère à cor-
riger cette ardeur même : une noble
fierté m'engagea à surmonter son orgueil, une tendre affection, à dompter mon amour. Ainsi la sagesse ne détruit point nos passions, elle les règle,
les purifie, redresse leur activité égarée : elle n'est elle-même que la passion du juste, du vrai, du bien, et un
cœur passif peut-être innocent, mais
ne sera point vertueux.

Deux ans s'étaient à peine écoulés,
et modérée sans cesser d'être enthou-
siaste des beautés de la nature, ferme
sans cesser d'être aimante, je réunis
enfin la mâle raison d'une romaine, à
la brillante imagination d'une grecque.
Imagination ! faculté sublime et riante,

charme de l'intelligence et du cœur, on
peut remédier à tes aberrations, jamais
suppléer à ton absence : le jugement, fils
de l'expérience, est l'ouvrage des hommes, mais ta subtile flamme est le souffle
des dieux et leur plus beau présent !

Quelque noble que soit le caractère,
et sur-tout s'il est prononcé fortement,
on doit, non le changer, ce serait une
inconstance qui conduirait à la nulli-
té, mais l'étudier, le renouveler, le
modifier sans relâche : c'est une précaution qui mène à la perfection, car
les idées et les sentimens, se dévelop-
pant, croissant toujours dans la même
direction, finissent par tomber dans
l'excès où commence le défaut ; hélas !
tout dégénère, tout se corrompt dans
le monde, même la vertu. La prudence
devient timidité dans l'esprit et séche-
resse dans le cœur, l'estime de soi-
même, un égoïsme altier, la philoso-
phie délire, la valeur cruauté, le dévouement fanatisme, l'amour fureur,

et l'honneur même, guidé par l'ambition, devient bassesse. Je l'ai souvent pensé : la boîte de Pandore ne contenait pas tous les maux en foule ; elle renfermait seulement l'excès, qui les cause, et l'espérance, qui les soulage.

J'étais parvenue de l'erreur à la sagesse, Térentille se précipita de la sagesse dans l'erreur : sûre d'elle-même, elle laissa prendre toute l'extension possible à ses dispositions, et sa fermeté se changea en roideur, sa constance en opiniâtreté, sa gravité en humeur sombre, sa pénétration en prévention et mépris ; jamais rien d'indulgent, de liant, d'affectueux ne se montrait dans ses discours, dans ses manières, dans ses regards, aussi ne m'inspirait - elle qu'une admiration sans attrait, à ses enfans qu'un respect sans amour, et une soumission sans confiance. Térentille, Térentille, lui répétais-je souvent, si le divin Socrate recommandait si fort au stoïcien Zénon de sacrifier aux graces, qu'eût-il donc dit à une femme, et sur-tout à une mère; mais je le répétais en vain.

Icilius et Icilia, regardant leur mère comme une sévère institutrice, reversaient sur moi leur tendresse filiale, et me comblaient de leurs innocentes caresses; j'y répondais avec attendrissement; mon ardeur calmée, ne concentrant plus toutes les puissances de son âme sur un seul objet, me permettait alors de jouir de sentimens moins vifs, et l'estime de Térentille, l'affection de ses enfans, la reconnaissance d'Avibal et de sa famille, me rendaient sinon heureuse, mais du moins m'empêchaient d'être infortunée. Six années de malheurs, deux de solides réflexions, m'avaient enfin persuadée que les passions sont le trouble et non le but de l'existence, et les douleurs de l'amour, les consolations de l'amitié, avaient produit en moi la douce et sage paix, comme les orages de l'été, et les rosées de l'automne, la maturité des fruits.

~~~~~~

CHAPITRE XXVIII.

Nouveaux troubles publics. Départ
de Térentille pour Rome.

Au cinquième jour avant les nones
d'octobre 193, je vis arriver Térentille
à la chaumière des roches, avant la
nundine consacrée, et comme le jour
commençait à décroître : sa démarche,
ordinairement si grave, si posée, était
incertaine et rapide, et sur sa figure,
habituellement calme, une violente
agitation faisait succéder à chaque
instant l'incarnat et la pâleur. O Jupiter! m'écriai-je dans le plus grand effroi, chère amie, Virginius est-il malade, vos enfans courent-ils quelque
danger?..... — Ce n'est ni l'un ni l'autre, répond Térentille : mais bien plus
encore..... l'ennemi est dans Rome.....

3.   3

—Est-il possible?—Ces tablettes vont vous l'assurer.

S. Virginius à Térentille, Salut.

« Une nuit d'opprobre et d'horreur a succédé aux jours de dissensions. O Térentille, comment pourrai-je l'écrire, comment en pourrez-vous croire et ma main et vos yeux... Les Sabins sont dans Rome*!... Herdonius, à la faveur des ténèbres et de l'oracle qui ordonna de laisser ouverte en tout temps la porte Carmentale, a pénétré dans le temple de Jupiter-Capitolin, et de là, gravissant secrètement la montagne, il égorge les habitans des maisons voisines, précipite du haut de la roche Tarpéienne les gardes du Capitole, et s'empare de la citadelle sacrée. Cependant quelques Romains nuds et blessés échappés à la fureur de l'ennemi, répandent la funeste nouvelle. On court avertir les sénateurs et les tribuns : chaque parti soupçonne que cette alarme est une attaque, ou un artifice du parti contraire, et les ac-

cusations mutuelles, les injures san-
glantes, les cris de l'indignation, les
plaintes des mourans, le doute, la terreur, remplissent cette nuit fatale. L'aurore découvre bientôt l'horrible et hu-
miliante réalité. Herdonius élève un
bonnet sur un javelot, et l'arborrant
au sommet du Capitole, promet liberté
et protection aux bannis, aux esclaves, aux opprimés de la république.
Quelques-uns de ceux-ci le rejoignent :
sa fierté s'en accroît ; il ne doute plus
que les divisions des deux ordres de
l'Etat n'achèvent de le lui livrer *. O
honte! ô douleur!..... il ne sera point
trompé!..... Les magistrats du peuple
s'opposent aux levées militaires, jusqu'à
ce que le sénat ait accepté la loi Térentia. Les pères conscripts furieux dé-
clarent par la bouche du consul Caïus-
Claudius qu'ils ne céderont point à des
lâches qui mettent à prix la défense de
leur pays. Les désertions se multi-
plient, les Sabins nous insultent, le

territoire sacré est envahi, le Capitole
est profané, des citoyens sont morts
sans vengeance, et l'ennemi intérieur
se joint à l'ennemi étranger pour déchirer la patrie...... Veuve d'Icilius, ne
déplorez point son sort..... combien
il est heureux! la tombe lui dérobe tant
d'horreur!... mais je vais le rejoindre :
mon indignation ne s'exhalera pas en
vains gémissemens; les odieux refus
du tribunat ne paralyseront plus mon
courage. Si je ne puis combattre à la
tête de ma légion, je me dévoue aux
dieux infernaux (3), je m'élance seul
contre les Sabins, et tant que mon
bras pourra soutenir le glaive, je le
baignerai dans leur sang..... Je succom-
berai, il est vrai, mais du moins j'aurai
attiré sur mon pays les bénédictions
des immortels, j'aurai satisfait le vœu
de l'honneur, et mon exemple peut-
être animera les Romains.

Adieu, digne compagne de mon ami:
offrez des sacrifices pour que le mien

ne soit point infructueux ; je recom=
mande à vos soins mon épouse et mon
unique enfant. »

Ma Virginie, je n'avais plus que de
l'amitié pour ton père, mais elle était
bien vive et bien tendre cette amitié ;
ton ame noble et sensible est trop digne de ce pur sentiment pour en attri-
buer l'ardeur à l'amour. A cette lec-
ture, je me sentis déchirer le cœur.
Quoi ! dévoué aux divinités infernales,
m'écriai-je ?..... Il n'est point de ressource..... Dans ce moment sans doute
il touche à son heure suprême..... Pré-
cipitez la mienne, ô Jupiter !..... —
Calmez-vous, Azamé ; ne nous laissons
point abattre par la douleur ; quelque
légitime qu'elle soit, elle doit être modérée ; et puisque nous ne pouvons servir Rome que par nos vœux, mêlons
des prières à nos plaintes.

A ces mots, nous invoquons Hercule,
Castor et Pollux ; nous pétrissons à
genoux la farine pure, nous donnons

à cette pâte molle la forme d'un cheval (4), noble animal cher à ces demi-dieux; puis joignant à cette immolation des branches de peuplier, des tiges de verveine, qui brûlent en jetant une odeur aromatique, nous les arrosons de lait et de miel, en versant des larmes avec nos pieuses libations.

La nuit et le jour suivant s'écoulè-rent dans ces pratiques religieuses, dont le patriotisme était l'âme chez Térentille, et l'accessoire chez moi; ma Virginie, car elle n'implorait le ciel pour Virginius, que parce qu'il dé-fendait Rome, et je ne songeais à Rome, que parce qu'elle faisait le destin de Virginius : ma fille, je t'avoue toutes les nuances de mes faiblesses, pour te faire acquérir tous les degrés de la force. Térentille, retournant sur le soir à la villa du tombeau, y trouva un messager de ce vaillant décurion. Ma-dame, lui dit cet homme, voici ce que Virginius m'a chargé de vous transmettre * : le consul Valérius, dont le nom et le caractère sont si chéris du peuple, lui a fortement représenté l'opprobre de servir son pays sous condition, et s'est engagé en même temps par une promesse solennelle, à nommer des commissaires pour l'accomplissement de la loi Térentia après l'expulsion des Sabins. Alors les Romains, animés doublement par la honte et par l'espérance, se lèvent en tumulte, prêtent serment entre les mains de Valérius, et s'élancent sur ses traces au Capitole*. Le généreux consul, qui ne veut point laisser ralentir leur ardeur, pousse la première attaque avec une impétuosité qui fraye le chemin au triomphe, mais qui lui coûte la vie. Claudius seul s'aperçoit de cette perte, la répare en la cachant, entretient le zèle des soldats, et ne la leur apprend que lorsqu'une éclatante victoire peut en consoler Rome.

A peine les corps d'Herdonius et de

ses guerriers gissaient dans le Tibre,
que les tribuns sommèrent Claudius
d'acquitter la parole de son collègue.
Le consul apporta mille prétextes pour
écarter cette pénible nécessité * ; d'a-
bord, il prétendit qu'il fallait avant
tout purifier par des cérémonies expiatoires le temple de Jupiter, souillé par
la présence des ennemis, et célébrer
pompeusement les funérailles de Valérius ; puis il eut recours à des jeux, à
des spectacles toujours nouveaux.
Mais les plébéïens, excités par leurs
magistrats, en furent moins distraits
qu'irrités, et commencèrent à me-
nacer Claudius de faire accepter la loi
Térentia sans sa participation. Alors
celui-ci exigea qu'on nommât un second consul pour s'en occuper avec
lui ; et les patriciens prirent si bien
leurs mesures, que le choix tomba sur
Quinctius-Cincinnatus, le père de
Ceso. Le sénat fut le chercher solennellement dans le champ où il s'était

retiré ; et ce grand homme, si digne
de tous les honneurs, ne quitta qu'à
regret sa charrue pour les faisceaux
consulaires.

A peine sortait-il du Capitole (5),
qu'il ordonna au peuple de se trouver
le lendemain au Champ-de-Mars *,
avec ses armes, et ses provisions,
pour se diriger ensuite vers le lac Ré-
gille, où l'on dresserait un camp d'hiver, afin de tirer une vengeance terrible de l'attentat des Sabins. Vous
pourrez combattre seul, repartirent
les tribuns avec un ris insultant ; car
notre véto saura bien empêcher des
levées de troupes.— « Je n'en ai pas besoin, reprit Cincinnatus ; tous les citoyens sont à ma disposition* ; ils ont
prêté serment pour l'année à Valérius ;
je succède à cet engagement comme
aux autres prérogatives de mon prédé-
cesseur. Je vous commande donc d'o-
béir, si vous êtes encore assez Romains
pour craindre et détester le parjure. »

Le peuple, qui redoutait l'ascendant du consul et la colère céleste, cédait en frémissant; mais Cincinnatus, qui voulait seulement l'amener à ce point, promit qu'il n'exigerait aucun service militaire, à moins qu'une attaque imprévue ne vînt à l'y forcer, et pourvu que les tribuns ne parlassent pas de la loi Térentia. Ils s'y engagèrent, et les plébéiens, qui avaient plié par contrainte, se soumirent bientôt avec joie lorsqu'ils virent que l'illustre Quinctius, oubliant l'affront fait à son fils, rendait la justice avec une équité digne des immortels.

Mais ce calme anéantissait l'empire des tribuns : ils mirent tout en œuvre pour ranimer les inquiétudes du peuple et son ardeur à solliciter la loi Térentia. * A force d'intrigues, ils vinrent à bout d'être continués dans le tribunat cette année encore, quoique le sénat eût rendu récemment un sénatus-consulte pour défendre à tout ma-

gistrat de briguer deux ans de suite la
même charge. Les sénateurs, afin de
déjouer leurs adversaires *, résolurent
de renouveler le consulat de Cincinnatus, mais ce digne républicain s'y
opposa vivement; alors les patriciens,
se rendant à ses conseils, proclamèrent
que personne n'eût à *nommer Quinctius consul;* et ce vrai patriote, déjà
couvert de gloire en obtenant la pourpre consulaire sous le chaume, en ac-
quit bien davantage en la refusant pour
retourner dans sa retraite.

Quelques temps après, des témoins
irréprochables, que le malheur et la
rapidité des derniers événemens avaient
empêché de s'expliquer, déclarèrent
que la mort du frère de Volscius, que
celui-ci avait imputée à Ceso, avait été
produite par une fièvre lente *, et
qu'ils étaient prêts à fournir les preuves; qu'à l'époque de ce prétendu assas-
sinat, le malade n'avait point quitté

sa couche. Les nobles s'emparent avidement de cette accusation, et veulent qu'elle soit jugée sans délai. Les tribuns, qui ont le plus grand intérêt à l'ensevelir, paralysent les informations, et chaque fois que les premiers ordonnaient la nomination des juges du procès de Volscius, les seconds demandaient l'élection des commissaires pour la loi Térentia. * Pendant l'année entière cette double affaire n'eut d'autre résultat que de tenir mutuellement les deux partis en respect; et cet état, n'excitant ni l'inquiétude, ni l'admiration, ne pouvait exalter le patriotisme; aussi, je fus étrangement surprise, lorsqu'aux nones de mars 195, Térentille partit précipitamment pour Rome, en me remettant Icilius et Icilia jusqu'à son retour; en vain je l'accablai de questions, Térentille ne satisfit à aucune.

Quinze jours s'écoulèrent, et les

soins que je donnais à mes nouveaux
pupilles, leur babil ingénu, leurs tendres caresses, répandaient une douce et
vive occupation dans mon âme, et cal-
maient les conjectures multipliées et
cruelles qui m'avaient d'abord tour-
mentée à l'excès. Térentille revint.
Chère amie, lui dis-je, je plains moins
votre veuvage ; j'ai deviné en votre absence vos consolations maternelles ;
quel charme n'y devez-vous point
goûter, puisque ces enfans, qui ne me
touchent que par leur âge et notre
amitié, ont dissipé l'isolement et
l'anxiété où m'avait plongé votre départ
subit ! — Vous jouiriez donc d'une ma-
ternité adoptive ? reprit Térentille. —
Que voulez-vous me dire, et pourquoi
votre front est-il chargé de soucis ? —
Je viens de recueillir les cendres d'une
femme intéressante : vous allez me
quitter, je ne puis me défendre de
quelque trouble. — Vous quitter ?.....

ah! de grâce, mon amie, expliquez-
moi votre mystérieux voyage et cet
incompréhensible discours.—Ecoutez-
moi donc, Azamé, avec attention et
tranquillité.

CHAPITRE XXIX.

Mort de Numitoria. Nouvelles militaires.

Fidèle à son système, ce fut sur la tombe de Numitoria, qu'Azamé apprit à Virginie le récit de Térentille. « Le jour où je pris congé de vous, dit la veuve d'Icilius, je venais de recevoir un billet de Virginius, où il me mandait que forcé d'accompagner le consul Minutius contre les Eques, et de laisser Numitoria, dont l'excessive faiblesse pouvait devenir mortelle, il me priait instamment de me rendre près d'elle, et de fortifier, s'il se pouvait, son esprit et son corps. Je me préparai de suite à remplir ses vœux, et j'allais vous en faire part ; mais réfléchissant que l'abattement de Numi-

toria n'était peut-être que momenta-
nément causé par l'éloignement de son
époux, je ne voulus point vous exposer
aux reproches et aux regrets d'un espoir déçu. — Quoi, interrompis-je,
vous supposez que mon chagrin n'eût
été causé que par la guérison de mon
amie ?...— Il se serait secrètement mêlé
aux larmes que vous auriez d'abord
données à son trépas. Azamé, il faut
savoir vaincre ses sentimens, mais non
les dissimuler. Continuons.

J'arrivai à Rome le soir même ; je
trouvai Numitoria dans un état d'af-
faissement que pouvait seul augmenter
la mort ; elle était couchée : ses pau-
pières appesanties s'entr'ouvraient et
s'abaissaient avec lenteur, et sa tête se
penchait alternativement sur ses épaules amaigries. Je lui parlai : pour toute
réponse, après un long effort, elle porta
ses doigts sur ses lèvres pâles, afin de
me faire comprendre qu'elle ne pouvait plus rien dire. La jeune Virginie

avait suivi mes pas ; en voyant sa mère dans ce triste état, elle étouffait de sanglots ; puis tout-à-coup séchant ses pleurs : Reste près d'elle, me dit-elle à voix basse : je cours dans mon bosquet prier mon génie de remplacer celui de maman.

Les paroles de l'aimable Virginie raniment Numitoria ; elle se soulève, et me dit d'une voix à peine articulée : O Térentille ! qu'il est affreux de mourir quand on est mère, et mère d'un tel enfant !.... — Je cherchai à la rassurer sur l'idée de sa fin, et lui présentai du vin de Crète, mêlé de myrrhe : elle secoua tristement la tête, le but, et ajouta : Je ne prends ce breuvage que pour avoir assez de forces pour vous faire mes derniers adieux, et vous recommander ma fille.... elles n'iront pas au-delà.... — Ici, elle fit une pause, puis reprit après un long soupir. — « Une folle tendresse a usé ma vie ; tant que l'homme que j'aimais fut

3.   4

destiné à une autre femme, je sus la
dompter ; mais lorsque son hymen eut
surpassé mes désirs, je n'y mis plus de
bornes ; devenue son épouse contre
toute espérance, je me flattais de devenir son amante. Les témoignages de
sa douce et paisible amitié irritaient
mon brûlant amour : j'étais jalouse de
l'ombre de Vitellie, de la mémoire
d'Icilius, de la patrie elle-même....j'aurais voulu concentrer sur mon cœur
tout le cœur de Virginius.... Je ne tar-
dai pas à m'apercevoir que mon extrême et plaintive passion l'importu-
nait, et j'employai toute mon énergie
à cacher mes feux, mais non à les
éteindre.... hélas! ils étaient ma joie en
même temps que mon supplice! quelle
bizarre et cruelle situation!... occupée
sans cesse à réprimer le sentiment le
plus légitime, à celer les plus chastes
transports, je m'y livrais dans la retraite, les veilles, et les larmes....

Tant d'efforts, d'insomnies, de souf-

frances, ont détruit ma santé. Depuis
ce temps, mon estomac a achevé de
perdre sa vigueur, mon sang s'est ap-
pauvri, ma poitrine est affectée, une
maigreur et une pâleur effrayante semblent s'accroître d'heure en heure, et
pour moi chaque journée n'était pas
la suite de l'existence, mais l'accomplissement de la mort.... A mesure que
mes forces déclinaient, mes regrets,
mes désirs, mes transports, déclinaient
avec elles; je connus alors que les passions qui détruisent le repos et la vie
sont l'épreuve de la sagesse, et non le
moyen du bonheur; je vois qu'une affection calme et constante, assurée par
l'estime, embellie par la nature, est
toute l'humaine félicité, et que l'a-
mour qui promet celle des immortels,
n'est que la nue brillante qu'Ixion embrasse dans les enfers.

L'amour maternel n'a plus excité
mon ardeur désordonnée : il la rem-
place ; mais il est trop tard ; cette lu-

mière n'éclaire plus que des ruines, mon existence s'est retirée avec mon amour : je touche à cette mort qu'ont hâté mes douleurs insensées.... Que ne donnerais-je pas maintenant pour jouir de l'amitié de mon époux, de la tendresse de ma fille! hélas! son âge l'empêche de sentir cette terrible leçon: présentez-la-lui quelque jour, ô Térentille; je ne vous fais pas d'autre recommandation pour cet enfant si cher; je n'y joins pas même des vœux..... ah! si vous pouvez la préserver d'une passion qui aveugle l'intelligence, enchaîne la volonté, consume le cœur, que pourra-t-elle craindre en trouvant en elle-même la liberté et le repos? que vos conseils, que mon exemple la conduisent à ce but.» Virginie rentra alors; Numitoria continua : Soyez sa mère, guidez-la avec Icilia et son frère..... — Vous oubliez, Numitoria lui répondis-je, que les dernières volontés de mon époux me retiennent à la villa de sa

tombe, et que le vôtre ne consentira
jamais à se séparer de sa Virginie. —
Hélas! privée de la protection maternelle, des soins de l'amitié, que de-
viendra-t-elle! qui veillera sur les besoins de son enfance? qui préviendra
les dangers de sa jeunesse? sera-ce
son père, livré au tumulte des camps?
sera-ce une indifférente mercénaire?...
—Non, ce sera celle qui devait lui donner le jour, votre première amie,
votre sœur d'affection, Vitellie enfin.
—Vitellie!... grands dieux! quel nom
avez-vous prononcé?.... Vitellie; mais
non, vous ne l'avez pas nommé......
c'est le trouble de l'agonie qui déjà
remplit mes oreilles de bruits confus,
et mon imagination de vains fantômes!
Je la détrompai, Azamé, et je lui con-
tai briévement votre étonnante et terrible histoire. A mesure que je parlais,
la surprise, l'indignation, la pitié et la
jalousie peut-être excitaient les derniers mouvemens de sa physionomie :

une fugitive rougeur passait de temps en temps comme l'éclair sur ses joues livides; des mots inarticulés s'élançaient de ses mourans soupirs, et ses mains défaillantes se joignaient avec force. Lorsque j'eus achevé mon discours, elle s'écria : Vitellie vit.... ah! les immortels lui payeront bien ses chagrins; elle va devenir l'épouse chérie de Virginius!... — Non, lui dis-je; Vitellie, ou plutôt Azamé, ne peut être que son amie; la publicité de l'hymen l'exposerait au supplice, et sa passion est éteinte. — Hélas! je l'avoue avec confusion, la mienne ne l'est pas encore.... elle semble s'accroître des sollicitudes maternelles; je tremble que Vitellie ne donne à ma Virginie des frères qui la rendront étrangère à son père. — Non, non, calmez-vous, repris-je en levant la main sur l'autel domestique, je jure pour Azamé qu'elle ne sera que la mère de votre fille, et que la sœur de votre époux. — Ciel;

qu'avez-vous fait? interrompis-je? — Ce
que la prudence exigeait, dit froidement
Térentille. — Pour être mariée à Virginius, il faudrait dévoiler le mystère de
votre existence; et pensez-vous qu'Appius, qui de dignités en dignités pré-
tend enfin au consulat, n'userait pas
de tout son crédit pour prévenir la
découverte de ses crimes, et n'en étouf-
ferait pas les preuves dans votre sang
par la violence ou la perfidie? Vous
n'auriez d'autre consolation qu'une
tardive et stérile vengeance, et peut-
être entraînerait-elle le trépas de Virginius. Azamé garda le silence; le changement de son caractère, le souvenir
de Numitoria, là firent céder à des
raisonnemens qui naguères auraient
révolté tout son être et animé ses désirs. Térentille reprit en ces termes :

« L'émotion que m'a causé votre
récit, me dit Numitoria, avec effort,
précipite mon dernier soupir..... Ah!
rendez-le à Septius, son amour l'a-

mime encore..... Dites à Vitellie que je
bénis les dieux de la protection qu'ils
lui ont accordée. Dites-lui de parler de
moi à mon époux, à mon enfant : hélas! elle me bannira continuellement
de leur pensée, elle doit m'y rappeler
au moins..... Viens, ma Virginie, viens
ma fille unique et chérie, que j'expire
en t'embrassant..... Mais non, non,
fuis..... tu serais effrayée du spectacle
de ma mort..... » Ce furent ses dernières paroles : des sons entrecoupés
seuls les suivirent, et ses bras languis-
sans paraissaient chercher et éloigner
son enfant, mais bientôt ce mouvement
maternel s'arrêta avec sa vie....—O ma
mère, ma mère, pourquoi connûtes-
vous l'amour, s'écria alors Virginie
inondée de larmes. — Ma jeune amie,
dit Azamé, ce fatal récit ne doit te rendre ni moins respectable, ni moins
chère la mémoire de celle qui te donna
le jour; au contraire, hélas! il te fait
connaître son caractère aimant et sen-

sible, il ajoute l'estime et la pitié aux
regrets de la nature ; sur-tout il te dé-
voile ce qu'on peut attendre des passions même les plus légitimes..... Numitoria n'eut d'autre ennemi qu'elle
même...... Ma fille, je ne te développe
point ces leçons ; cette tombe t'en dit
assez..... Virginie se lève en silence,
serre fortement la main d'Azamé, se
prosterne auprès du monument, l'i-
nonde de pleurs, le couvre de baisers,
puis d'une voix solennelle et déchirante:
Adieu, tombeau de ma mère, adieu, s'é-
crie-t-elle, je ne te reverrai que lorsque je serai prête à descendre dans le
mien!— Eh pourquoi? dit Azamé. —
Mon amie, votre généreuse confidence
m'a inspiré la résolution invariable et
prochaine de vaincre mon chagrin et
mon amour. L'aspect de cette urne maternelle, les amoureux souvenirs qu'elle
rappelle, nourriraient dans mon âme
une tendre et mélancolique rêverie incompatible avec ce courageux dessein:

3.   5

vous savez que je viens chaque jour
dans ces funèbres lieux, épier les premiers rayons de l'aurore, et mêler à la
rosée mes libations et mes larmes : ce
culte de la mort, sur-tout depuis quelque temps, est mon devoir le plus doux
et le plus sacré, mais je dois m'en abs-
tenir..... hélas! pour dompter dans mon
cœur la passion qui le domine, ne me
faut-il pas renoncer aux sentimens les
plus intimes et les plus précieux ?

Les deux amies retournent en silence au logis : Virginie consacre le
reste du jour à pleurer le malheureux
sort de sa mère, et le lendemain Azamé
continua dans l'atrium le récit de Térentille.

Le huitième jour de la mort de
Numitoria, comme le héraut faisait
sa dernière conclamation, et que le
désignateur se préparait à arranger le
lugubre cortège pour la conduire au
bûcher, je vis venir Virginius; il s'approche en frémissant, fléchit le genou

devant la funèbre litière, donne un religieux baiser à son épouse, et s'éloigne.
— Arrêtez, lui dis-je, prenez une autre
chlamys (6), car la vôtre est en lambeaux et souillée de poussière et de
sang. Mais, dieux ! quelle profonde
blessure traverse votre épaule ! laissez-
moi la laver et y verser un baume ré-
parateur. — Non, interrompit-il avec
vivacité, croyez que si je pouvais dis-
poser d'un instant, je l'emploierais à
m'informer des volontés sacrées de ma
malheureuse compagne, à répondre
aux caresses de ma fille, à vous remer-
cier de vos généreux soins; mais le
temps presse. Le peuple, comme vous
savez, a nommé au consulat des hommes incapables, afin qu'ils ne s'oppo-
sassent point aux prétentions de ses
tribuns. Numutius, l'un d'eux, a montré autant de pusillanimité contre l'ennemi du dehors, que l'on en espérait
contre l'ennemi intérieur*. Moins soi-
gneux de vaincre que de n'être pas

vaincu, il a conduit lentement ses troupes de défilés en défilés, et les a fait
camper dans une gorge ceinte de
hautes montagnes, qui protègent ses
retranchemens, mais qui l'enferment,
car les Eques étant venus se poster sur
la hauteur, au défaut des rochers, l'armée romaine, qui ne peut ni sortir, ni
combattre, se trouve dans l'alternative
de périr par la faim, ou de rendre les
armes. Dans cette horrible extrémité,
j'ai tout tenté pour en apporter la nouvelle à Rome, n'écoutant que mon zèle.
La nuit dernière, accompagné de vingt
amis déterminés, j'ai gravi les rochers,
et suivant à pas légers les limites du
camp des ennemis, j'allais leur échapper, d'épaisses ténèbres favorisaient
notre entreprise, lorsque la lune sor-
tant tout-à-coup de dessus les nuages,
à découvert notre marche aux Eques,
aussitôt ils fondent sur nous avec de
grands cris : tous mes amis tombent
sous leurs coups, et une flèche acérée

m'atteint dans ma fuite ; mais, grâces aux
dieux, la blessure n'est point mortelle ;
je peux encore contribuer à la délivrance de mes concitoyens : je cours
leur chercher un libérateur. Adieu.

Sur le rapport de Virginius, on a
nommé Quinctius-Cincinnatus dictateur (7). Une députation, composée
d'anciens consuls, et des sénateurs les
plus respectables par leur âge et leur
vertu, précédée de vingt-quatre licteurs,
lui ont porté de suite la pourpre dictatoriale. Ainsi que la première fois, où
appuyé sur sa charrue, il accepta les
faisceaux consulaires, le héros labou-
reur arrosait ses laitues lorsqu'il reçut
les pères de la patrie. D'un cœur aussi
courageux, d'un esprit aussi tranquille
qu'il avait endossé la grossière tunique
du travail pour la baigner de ses sueurs,
il se revêtit de la robe prétexte, pour
l'inonder de tout son sang, si le salut
de son pays l'exigeait ; il témoigna
seulement quelques craintes pour sa

subsistance. « *Chère Racilia*, dit-il à son épouse, *nous aurons bien de la peine à vivre, car notre champ sera mal ensemencé pendant mon absence* *. » L'on venait de lui conférer la souveraine autorité. Quinctius rassembla les légions et se rendit sans délai à l'armée. Virginius l'y suivit. Ce brusque départ, les soins que je donnais aux funérailles de Numitoria, mes efforts pour consoler l'affligée Virginie, m'ont empêché de parler de vous à Septius, chère Azamé ; je concevais votre inquiétude, je désirais vivement y mettre fin ; mais je fus obligée d'attendre quatre jours Numitorius, qui devait veiller sur sa nièce en l'absence de son beau-frère. Dès qu'il arriva, je ne pris que quelques momens pour lui remettre l'enfant intéressant, lui décrire les derniers momens de sa sœur, et lui recommander de m'envoyer en toute hâte un messager pour m'instruire du sort de nos guerriers ; puis

je montai promptement en litière pour
me réunir à vous et à ma famille.

Comme j'approchais de la porte Fé-
rentine, j'aperçus un licteur qui portait au sommet de son faisceau des
dépêches couronnées de lauriers, et
qui pouvait à peine avancer parmi la
multitude qui augmentait à chaque instant, et se pressait autour de lui, en
criant: victoire! victoire! Je retour-
nai sur mes pas pour en connaître les
détails; les voici : Cincinnatus était
parvenu par d'habiles manœuvres, et
d'impétueuses attaques, à cerner à leur
tour les ennemis, en les enfermant
entre son camp et celui de Minutius.
Les Eques alors, réduits à capituler,
implorèrent la paix, et ne l'obtinrent
qu'en passant ignominieusement sous
le joug (8), et en cédant avec leurs ba-
gages une grande partie de leur territoire. A ces glorieuses nouvelles, le
peuple demande à cris redoublés le
triomphe du dictateur, et le sénat, qui

le décerne tout d'une voix, arrête que tous ses membres, et les ministres de la religion, iront au-devant du vainqueur à plus de huit stades.

Cette imposante et superbe cérémonie aura lieu dans deux jours : Virginius rentrera dans Rome avec le cortège triomphal. Saisissez cette occasion solennelle pour le rejoindre ; allez, mon amie ; que les succès de la patrie vous dédommagent de n'en remporter qu'un demi sur votre persécuteur, et vous soit le présage certain d'une vengeance éclatante et achevée.

CHAPITRE XXX.

Arrivée d'Azamé chez Virginius.
Fin de l'histoire de Vitellie.

MAINTENANT, ô ma fille chérie, dit
Azamé, je vais achever ma narration
dans cet atrium, qui te vit naître, croître et te perfectionner, dans cet atrium
témoin de tes vertus, de tes peines, et
qui le sera de ton bonheur. — Ma mère,
répondit Virginie en soupirant, ne me
parlez point d'un bonheur que l'avenir cache ou refuse, mais de celui que
m'a procuré votre arrivée en ces lieux.
— J'y consens, ma fille. Tu te souviens
du discours que m'adressa Térentille :
je demeurai quelque temps sans répondre : le doute, la surprise, des souvenirs poignans, de tendres espérances,
de vifs ressentimens contre Appius,

les regrets de la mort de Numitoria, la douceur de se réunir à Virginius, un amer dépit du serment fait par Térentille, bouleversaient mes idées et mes sentimens; mais comme un vent rapide chasse au loin les formes bizarres des nuages, et découvre l'azur serein des cieux, un généreux effort dissipa ces illusions, et ne me laissa plus éprouver qu'un sage et paisible contentement. Ma chère, dis-je à Térentille, je vous remercie, moins encore de m'avoir ménagé cette situation fortunée que de m'avoir appris à en jouir; sans vos salutaires conseils, loin de me consoler de mes malheurs, elle m'en eût semblé le comble et une cruelle insulte; mais maintenant, grâce à vous, je goûterai dans mon nouveau destin, cette union d'estime et de confiance, ces joies maternelles, pure et solide félicité de l'âge mûr, et but de l'hymen et de l'existence! Cet heureux état, que devaient préparer la nature et le plaisir, suc-

cédera, il est vrai, à l'isolement, à l'ad-
versité, mais la société de Virginius
charmera le présent : le bonheur de
ma fille adoptive, votre retour à Rome,
l'union de nos enfans, seront la perspective de l'avenir, et ces doux et puissans intérêts, fixant mes idées et mes
sentimens, ne permettront pas qu'ils
s'égarent dans les orages du passé. —
Azamé, répondit Térentille, vous serez
heureuse, car vous êtes sage : les ombres de votre destinée vont se dissiper
comme celles qui obscurcissaient autrefois votre raison ; partez sans délai,
déjà le flambeau de la lune éclaire les
ombres de la nuit. Demain, aux premiers
rayons du jour, le sénat doit sortir de
Rome : entrez-y en même temps : pré-
sentez-vous sans crainte à Numitorius :
je l'ai prévenu que j'enverrais une docte
égyptienne pour élever Virginie ; cette
lettre, que je lui adresse et que vous lui
remettrez, préviendra des questions
importunes ; et lorsque Septius ren-

trera dans sa maison, il vous y trouvera établie.... il n'est pas besoin de vous prescrire ce que vous lui direz alors.... — Ah! plus que vous ne pensez! m'é-criai-je. — Vitellie, reprit Térentille, d'un ton surpris et sévère, pourquoi ces frémissemens, ces pleurs?.... cet attendrissement passionné est indigne de vous, et vous interdit de vous réu-nir à Virginius : songez-y bien, vous ne devez être que sa sœur. — Si lors-que l'amour fermentait dans tout mon être, répliquai-je avec fermeté, j'eusse rougi de trahir un serment juré à une amie mourante, d'habiter avec un amant qui n'aurait pu devenir mon époux, et de profaner l'emploi sacré de mère, croyez-vous, Térentille, que j'y puisse consentir lorsque mon cœur est libre, et mon esprit éclairé ; du reste, voyez si ces traits flétris par le chagrin, ce teint noirci par la sombre couleur dont je l'ai couvert pendant neuf ans, cette taille amaigrie et courbée

peuvent plaire encore, et soyez assurée
que la fière Vitellie ne se livrera point
à une tendresse qu'elle ne doit plus
inspirer. Mais de quel stoïque courage,
ou pour mieux dire de quelle insensibilité me jugez-vous douée, si vous
vous imaginez que je puisse revoir sans
émotion, après ce long et terrible exil,
les lieux où j'ai connu la vie, l'amour,
la douleur, et où j'ai perdu la gloire
et l'espérance?... Enfin, mon amie, ajou-
tai-je après une pause, il faut nous
quitter, et vous vous étonnez de ma
tristesse? — J'en suis autant affectée
que vous, mais nous ne nous sommes
décidées à cette séparation que parce
que nous y trouvons l'une et l'autre un
dédommagement, vous, dans le commerce de vos amis, moi, dans votre
intérêt: loin donc cette vaine affliction,
enfant de l'inconséquence et de la faiblesse. Si votre absence est un mal,
pourquoi nous y résoudre? si elle est
un bien, pourquoi nous en affliger? —

Ah! me dis-je intérieurement, je serais
bien plus blessée que soutenue par ce
dilemme, si j'aimais bien affectueuse-
ment Térentille; mais je l'estime seulement; il produira l'effet contraire; elle
est moins l'amie qui partage mes sentimens, que le guide qui les rectifie, et
un voyageur en descendant un sentier
glissant, ne se plaint pas d'avoir la main
froissée par le bâton noueux qui soutient
sa marche chancelante.

En m'entretenant de cette réflexion,
je disposai tout pour mon départ, et
fus ensuite faire mes adieux à mes
hôtes. Ces bonnes gens, pénétrés de
chagrin et de frayeur, tombent à mes
pieds, et me conjurent avec sanglots
de ne point m'exposer aux persécu-
tions de mon ravisseur : je leur rendis
leurs caresses, et les rassurai avec
tendresse. Vous ne devez rien craindre,
dit froidement Térentille, c'est moi
qui lui conseille de s'éloigner. — Ah!
madame, ce n'est pas un motif pour

nous calmer, s'écria naïvement Zumelie : toutes les fois que vous avez voulu
consoler notre chère libératrice, vous
avez commencé par la désoler. Je
souris comme toi, ma Virginie, et, soulevant mon paquet, je me préparais à
obéir aux remontrances réitérées de
Térentille, qui gourmandait ma lenteur
et mon inertie, lorsque Icilius et Icilia
accourent et s'attachant à mon cou, protestent avec larmes qu'ils me suivront
partout. Leur mère les saisit, les entraîne
malgré leurs efforts, et s'enfuit en me
disant : Azamé, ces longs adieux resserrent le lien à mesure qu'ils le dénouent ; il faut le trancher rapidement.
Alors je m'arrache des bras de mon
hôtesse, et montant sur le mulet de la
chaumière des roches, qui m'y avait
amenée jadis, je pars accompagnée
d'Avibal. Ce fidèle serviteur s'arrêtait
à chaque instant pour donner une tournure plus étrangère à mes voiles, et
pour me frotter les joues avec la com-

position de safran et de suie, car, disait-
il, nos pleurs et nos baisers vous ont
ôté ce fard de malheur. — Ils en ont
bien du moins adouci l'amertume,
cher Avibal, répondis-je : mais mar-
chons.

Ces soins multipliés, et l'allure pe-
sante de la rustique monture, retar-
dèrent tellement mon voyage, que j'arrivai aux portes de Rome lorsque le
soleil était parvenu au plus haut des
cieux, et comme le cortège triomphal
se développait dans la voie sacrée. Je
descendis promptement, et pris un
congé affectueux de mon conducteur,
qui voulait absolument me protéger
encore : je lui représentai qu'il ne me
serait d'aucun secours, qu'il courait
le danger de rencontrer le méchant
Tibérius, son ancien maître, et déses-
pérerait Zumelie, déjà vivement in-
quiétée, sans doute, de voir retarder
son retour. Avibal se retire à regret,
et je me hâte de suivre le triomphe.

Déjà mon sein battait avec force à l'aspect de la patrie ; déjà cette pompe auguste et guerrière, cette musique martiale, ces cris de victoire, ce concours de peuple, agitaient d'une sorte d'ivresse mes sens long-temps habitués à la profonde solitude ; déjà je jetais en frissonnant des regards indignés sur le temple de Vesta, et le champ d'exécration.... tout-à-coup j'aperçois Virginius, derrière le char du vainqueur, tel que je le vis lorsque je donnai ma couronne et mon amour. Quel moment, ma fille ! Je tressaille ; une foule de sentimens doux et pénibles se pressent sur mon cœur : ils l'enchantent, le déchirent, et l'accablent : les images rapides qui se montrent à mon âme, dérobent les objets à mes sens.... je n'entends plus rien, tout fuit à mes yeux, les prêtres, le sénat, le peuple, l'armée, Rome elle-même : le temps m'échappe comme les lieux. Ma rupture avec Virginius, mon séjour chez les vestales, ma re-

3.   6

traite dans la cabane de Vitellio, tout
s'efface, s'évanouit, tout est songe
pour moi, hors le songe de ce précieux
souvenir!

Quand je sortis de cette profonde
rêverie, le cortège était passé, je ne
vis plus que les dernières files des citoyens qui gravissaient le mont Capi-
tolin, et les ennemis captifs, que dans
cette circonstance particulière on conduisait sous le joug (9) dans les prisons
de l'esclavage. A cette vue, je poussai
un long soupir et sur moi-même et
sur ces infortunés. Quel rapproche-
ment? me dis-je; hélas! c'est ainsi que
s'est terminé pour moi le rêve de la
tendresse et du bonheur... mais, insensée que je suis! pourquoi m'arrêter
sur cette ancienne et orageuse destinée, quand je vais commencer une vie
nouvelle et paisible?

Je me mets tout de suite en marche
pour la demeure de ton père; mais ma
vive émotion, mon absence prolon-

gée, les embellissemens de Rome, le
peuple qui revient en foule du Capitole, me troublent et me font perdre
mon chemin. Je cherche, va, viens,
retourne sur mes pas, m'égare de plus
en plus; le jour commence à s'obs-
curcir, la fatigue m'abat, l'inquiétude
me dévore : je n'ose demander ma
route aux passans; mon déguisement
me rassure à peine sur le danger d'être
reconnue, et du reste je sais que les
Romains traitent les étrangers de barbares. Enfin, près du temple de la
bonne foi, j'aperçois un jeune enfant
qui chemine seul : je le prie de m'indi-
quer le logis de ton père; l'enfant m'y
conduit sans détour, et dans quelques
instans. Cette circonstance fortuite
me révèle la volonté divine. O Jupiter!
m'écriai-je, c'est ainsi que l'enfance et
la foi pure doivent me guider dans la
maison de mon ami; je te le jure, elle
sera pour moi aussi sacrée que les
sanctuaires!

La porte était entr'ouverte ; j'en
passe le seuil ; un inexprimable batte-
ment de cœur me contraint de m'arrêter ; ce n'était plus de l'amour , c'é-
tait son souvenir. Je reste quelques
momens derrière les rideaux de lin de
l'atrium , et vois de là , à la lueur
d'une lampe , Virginius , assis devant
l'autel de ses dieux lares : sa main , appuyée sur une javeline , soutient sa
tête dans l'attitude d'une sombre réflexion ; et l'autre serre son bouclier ,
et s'y contracte fortement ; soudain , il
se lève rapidement : Hercule , dit-il , je
t'ai choisi pour la divinité de mes
foyers , je t'offre chaque jour les pré-
mices de mes repas , j'épanche ma
coupe devant ta statue ; ah ! du moins
songe à mon culte fervent , à tes travaux immortels.... surpasse-les encore ,
étouffe dans mon sein cette hydre re-
naissante , plus terrible que l'hydre de
Lerne.... Fils d'Alcmène , je l'avoue ,
Vitellie vit encore en moi ;... aujour-

d'hui même ; tout entier à la gloire, à la patrie, au milieu de l'éclat du triomphe ; j'ai cru voir son ombre odieuse et toujours chérie.... — Virginie, je m'élance : tu n'as point vu un fantôme, m'écriai-je.... j'existe !... La surprise, l'amour et l'horreur, se peignent sur les traits bouleversés de ton père. Grands dieux ! dit - il, tu vis.... déshonorée !!!.... — Le peux-tu bien croire ? va, le crime m'eut détruite avant son châtiment : mon existence répond de ma vertu. — Irrésistible accent de la vérité et de l'honneur, je t'entends ! Vitellie m'est rendue, reprend Virginius en me tendant les bras. Je m'y précipite. — O Virginius, nous sommes donc réunis !!.... mais tu ne t'informes pas comment je suis échappée à la mort. — Je sais que tu es échappée à l'infamie, qu'importe le reste ! — Noble et cher ami ! tu en crois ma voix seule, mais calmons-nous, écoute : voici des preuves irrécusables.

Alors, ma fille, j'appris à ton père
la rencontre de Vitellio, comme je
m'acheminais au tombeau de Vitellius;
mon double assoupissement, la dernière trahison d'Appius, ses violences,
son rapt, la maladie que j'avais souf-
ferte dans la villa de ce traître, l'affront
qui m'attendait, et le secours inespéré
que le ciel m'envoya dans Vitellio.
— Vitellie, interrompit Septius, sa
première rencontre t'a été moins funeste que celle-ci ne t'a été favorable,
car si l'une a ravi ta félicité, l'autre a
sauvé ta pudeur. — Elle n'a sauvé que
mes jours, ma vertu dépendait de moi,
et la mort allait me l'assurer: l'accable-
ment de la douleur m'a depuis fait
bien souvent maudire ce bienfait
qu'accepta avec tant d'empressement
la faiblesse de la nature; mais combien
je le bénis à cette heure! Je repris ensuite toute la narration que je viens
de te faire: je détaille mon établissement chez Avibal, la connaissance de

Térentille.... Virginius ne me laisse pas
achever: il court te chercher, ma Virginie, t'élève dans ses bras, et te mettant dans les miens, il me dit: Sois
sa mère et mon épouse. — Non, Septius, je ne peux être que ta sœur; l'influence du malheur, de l'absence, a
non pas éteint mon affection pour
toi, le trépas seul peut y parvenir,
mais l'a adoucie et purifiée; je ne te
chéris plus que d'amitié. Du reste, Térentille a promis solennellement à Numitoria que je ne la remplacerai pas
dans ton lit; ma santé, ébranlée par
tant de maux, ne me permet pas l'espoir d'être féconde; notre hymen me
perdrait infailliblement, car jamais les
patriciens, ni le consul Caïus-Claudius
ne souffriraient que la punition d'Appius couvrît d'opprobre leur ordre et
la famille Claudia; pour braver toutes
ces considérations, il faudrait être passionnée, et je ne le suis plus, Virginius,
je le confesse.... — Graces aux dieux!

répliqua ton père, tes pensées sont semblables aux miennes; ton éloignement, l'expérience, l'importunité de Numitoria, les grands intérêts de la république, en m'éclairant sur les causes des passions, m'en ont fait mépriser les effets: ce trouble, cette irritation, ce feu dévorant que je me glorifiais d'éprouver jadis, ne me paraissent plus qu'une erreur dangereuse, et une faiblesse indigne d'un romain. Ta présence, loin d'exciter dans tout mon être ces désirs impétueux, m'inspire une douce et pleine satisfaction, et après le suprême bonheur de te voir renaître à l'honneur, à la vie, ma plus vive joie est de te retrouver soumise à la raison. — Ainsi une parfaite sympathie de sentimens et de lumières nous a toujours unis : ah! mon ami, cette faveur du sort surpasse toutes ses rigueurs. Si le progrès du temps avait devancé son cours chez l'un de nous, quel eut été l'étonnement, la

douleur et l'effroi de l'autre : celui-là
aurait crié à l'inconstance, celui-ci à
la folie, et maintenant tous deux, cal-
mes et tendres, nous bénissons la sagesse et l'amitié.

A présent, ma fille, ajouta Azamé,
tu connais toute ma vie : c'est à toi
qu'il appartient de prononcer si le reste
en comblera les peines, ou les fera oublier. — Ah! ma mère, ma mère véritable et chérie, s'écria Virginie, en
couvrant Azamé de baisers et de larmes, vous daignez attacher votre consolation à mon repos..... il me paraît
possible en cet instant.... je serai digne
de vous.....

CHAPITRE XXXI.

Efforts de Virginie sur elle-même et sur Icilia.

LE récit d'Azamé éclaira la raison de Virginie, pénétra sa sensibilité, exalta sa fierté et son zèle. Quoi, se dit-elle, je mépriserais le funeste exemple et les derniers conseils de ma mère infortunée! j'oublierais les vertueux préceptes de mon père, je dédaignerais les aveux, les sacrifices de cette noble Vitellie, mon institutrice, mon amie, qui soigna mon enfance avec une sollicitude maternelle, qui, pour calmer ma jeunesse, me confie un secret d'où dépendent encore son honneur et sa vie!..... je me laisserais lâchement consumer, et pour qui? pour un homme qui ne m'a jamais accordé que les

égards qu'ils ne pouvait se dispenser
de rendre à la fille de son tuteur. Hélas! si ces égards ont été davantage, il
est moins encore digne de mon souvenir.... et je l'aime, je l'adore, je meurs
parce qu'il ne veut pas que je vive
pour lui..... O malheur! ô faiblesse!
après le sublime effort de protéger ma
rivale, je succombe, semblable à un
athlète présomptueux qui, s'élançant
d'abord avec impétuosité dans le cirque, tombe et reste honteusement dans
la poussière..... Non, je me relèverai,
je montrerai au destin que je sais
supporter ses coups, à l'amitié, que je
sais répondre à ses soins : je ne garde-
rai plus le silence : Icilius vit dans ma
pensée; je ne resterai plus dans la solitude, elle me retrace son image : je me
fuirai sans cesse moi-même, c'est l'unique moyen de le fuir : j'accumulerai occupations sur occupations, études sur
études, distractions sur distractions : j'as-
sisterai à toutes les solennités religieu-

ses, à toutes pompes guerrières, à toutes
les cérémonies civiles : je causerai arts
et piété avec Azamé, morale et travaux domestiques avec Térentille ,
agriculture avec Avibal et Zumelie ,
politique avec mon père ; et frappant
ainsi mes sens, chargeant ma mémoire,
exerçant mon esprit, peut-être par-
viendrai-je à étouffer le cri de mon
cœur.... je l'essayerai du moins ; et son
absence m'y engage.

Alors, pour remplir sa promesse,
Virginie parut à tous les jeux que ra-
menait le retour du printemps. Aux
fêtes palilia (car Azamé avait prolongé
avec une tendre adresse son récit jusqu'au mois d'avril), elle se mêla aux
danses des jeunes vierges romaines : la
robe relevée, les cheveux retenus dans
un réseau, le front couronné de fleurs,
elle surpassait toutes ses compagnes en
modestie , en légèreté, comme elle les
éclipsait par ses charmes : les graces
nobles et riantes arrondissaient ses

bras, animaient ses mouvemens, respiraient dans ses attitudes : les specta-
teurs ravis, s'écriaient unanimement :
«Honneur à Virginie! sa beauté annonce
la vertu et inspire l'amour. » Mais soudain un feu inquiet et sombre étince-
lait dans les yeux de l'aimable fille; ses
joues se couvraient d'une pâleur mortelle, elle chancelait, et courait dans
les bras d'Azamé, en disant: je ne puis
achever !..... Cependant quelque fussent la défense de Virginius, la réserve
de Virginie, l'égoïste résolution d'Icilia, la dissimulation de Numitorine,
l'impétueux et pénétrant Icilius aurait
surmonté tout obstacle, si la gloire ne
l'eut éloigné de Rome, dans le temps
où Azamé retraçait sa vie à sa fille
adoptive.

Les Marses, nation avide et belli-
queuse, espérant que l'hiver et le
gouvernement, en quelque sorte pro-
visoire, des Romains ne permettraient
pas à ceux-ci de déployer leurs forces,

firent des excursions sur les frontières
de la république : mais ils apprirent à
leurs dépens, qu'il n'y a ni saison, ni
circonstance qui puissent enchaîner le
patriotisme et la valeur : Icilius les en
convainquit. Il commandait l'armée
en qualité de lieutenant : sous un chef
de ce caractère, l'admiration fait la
discipline, et l'obéissance la victoire ;
aussi les Romains semblèrent la mois-
sonner : les Marses, défaits en plusieurs
batailles, se réfugièrent dans Ecètre,
leur capitale. Les rigueurs de la saison
n'arrêtèrent pas les belliqueux Romains:
ils mirent le siège devant la ville, tail-
lèrent les assiégés en pièce, à chaque
sortie que ceux-ci osèrent tenter, et
les forcèrent enfin à une honteuse et
onéreuse capitulation. Si Junius n'avait
pas montré à l'expédition contre les Fi-
dénates, qu'il était le digne héritier
d'Icilius, cette campagne l'aurait
prouvé. Il se couvrit de gloire : toute
l'armée, admirant ses hauts faits, lui

décerna le titre de favori de Mars ; il
en fut satisfait, mais que sa joie fut dif-
férente de celle que lui inspira sa première victoire !

Pendant les deux mois que dura le
siège d'Ecètre, Icilius écrivit constamment à Numitorine ; mais celle-ci savait
trop que le trouble et la préoccupation
du jeune amant l'avaient seuls empêché d'apercevoir l'incohérence des
discours qu'elle lui tenait, et songeait
qu'une lettre lue, relue, méditée avec
calme la trahirait infailliblement ; elle
garda donc le silence et ne le rompit
qu'une fois pour mander à Icilius qui
l'accablait de reproches, qu'elle ne les
méritait point, lui ayant écrit très-
souvent ; que ses lettres s'étaient per-
dues, et que pour prévenir les graves
inconvéniens qui pourraient résul-
ter de leur disparition, elle ne lui en
adresserait plus ; mais je n'en continuerai pas moins, ajoutait-elle, à vous
servir avec le même zèle auprès de ma

cousine, qui au reste demeure toujours
inflexible.

L'armée était de retour depuis plus
d'un novendine, et avait assisté aux
fêtes de la fondation de Rome, quand
Junius regagna ses pénates : le transport des machines de guerre, dont il
avait l'inspection, causa ce retard. Il fut
étrangement surpris de la gaîté de
Virginie, et s'en félicita d'abord, en
l'attribuant à sa présence ; mais il
perdit bientôt cette agréable idée ; car
Azamé, que l'amitié maternelle rendait
vive et fière comme autrefois, se hâta
de lui dire que Virginie se dissipait
ainsi depuis long-temps. Térentille,
Numitorine, le confirmèrent, et Icilius
ne douta plus de son malheur.

La retraite et le silence de Virginie
pour le fuir avait vivement affligé Icilius. L'ardeur avec laquelle elle se dissipait en l'évitant, le mit au désespoir :
la première disposition pouvait être le
fruit d'une erreur, d'une tendre mé-

lancolie ; mais cette activité de plaisirs
n'était-elle pas la preuve de sa froideur ou de son inconstance. Le
chagrin le dévorait : il devint aussi
solitaire que son amie l'était naguère,
et ne cherchait d'autre consolation à
ses peines que de les confier à Numitorine, qui mettait à le convaincre de
l'insensibilité de sa cousine, la double
éloquence de l'intérêt et de la persua-
sion ; et le malheureux amant, qui
préférait l'indifférence de Virginie,
lorsqu'il considérait son infidélité,
souhaitait mille fois n'être plus aimé,
quand Numitorine voulait lui démon-
trer qu'il ne l'avait jamais été. Les affaires de l'Etat, en s'emparant de son
esprit, affaiblirent les tourmens de son
cœur. Les députés Posthumius *,
Manlius, Sulpitius, Camerius, revin-
rent de la Grèce, où ils avaient été recueillir les lois qui devaient à l'avenir
régir la république ; mais ces lois, si
ardemment désirées, si solennellement
promises, si laborieusement recueillies,

semblaient être oubliées par les patriciens : ils espéraient que le peuple se
contenterait de ces préparatifs; mais
ils se trompèrent; les tribuns deman-
dèrent avec chaleur au sénat, que l'on
nommât les dix commissaires où décemvirs qui devaient travailler à coordon-
ner ces lois, et à en former un corps
indissoluble et sacré. Le consul Ménénius, qui détestait les tribuns, et
regardait tout changement comme
une innovation pernicieuse *, éluda de
cent manières la requête de ces magistrats, et donna enfin, pour dernière
raison de ses refus, que les décemvirs
devant être élus sous les consuls de
l'année suivante, ne pouvaient être
choisis que par eux *.

Sempronius fut un des plus ardens
à soutenir cette nouvelle opposition
de son ordre : Icilia n'en manifesta aucune inquiétude, quoique cette conduite achevât d'envenimer l'aversion
que toute sa famille avait contre son
amant. Virginie, d'abord extrêmement

surprise du calme de l'impétueuse Icilia, en fut charmée ensuite, car elle
pensa qu'elle avait surmonté un amour
que réprouvaient l'autorité des es parens,
la raison et l'honneur : sans doute, se
dit-elle, la colère de sa mère et de son
tuteur, l'inimitié de son frère, la crainte
d'être dépendante d'un homme immo-
ral et lâche, devaient l'arrêter; mais
elle aimait, mais elle était aimée... ah!
digne Icilia! combien ta victoire excite
mes combats imparfaits, et mes inertes
résolutions, que je renouvelle avec
force, mais que j'exécute avec faiblesse! C'est ainsi que Virginie mode-
lait Icilia sur son image. Le hasard ne
lui laissa pas long-temps cette erreur
d'une belle âme : elle trouva sur le
chemin qui conduisait de la maison de
Térentille au pont Sublicus (11), des tablettes enduites d'une cire éclatante et
parfumée, accompagnées d'un style
d'or, et ornées de roses; elles conte-
naient la lettre suivante :

Delius Sempronius à Icilia.

« Chère amante,

» A l'instant où ta fidèle esclave m'a remis tes tablettes, je prenais les miennes pour t'expliquer mon absence d'hier à nos rendez-vous. Depuis le retour des députés, je ne suis plus à moi : je ne quitte le sénat, et la demeure des consuls, que pour fournir des armes à la jeunesse patricienne, et l'exciter contre ces artisans de trouble, ces factieux tribuns, dont la révolte produisit l'existence, et dont l'existence produisit la révolte ; ne négligeant rien, je parle en même temps au peuple : je lui représente que la création des décemvirs engloutira la puissance tribunitienne comme les charges curules ; j'insinue adroitement qu'en me portant au consulat l'année suivante, on éviterait ce malheur, et je m'assure ainsi tous les suffrages. J'anime les uns par les noms, pompeux d'attachement invariable aux lois, j'exalte les autres par les paroles magiques de gloire et de liberté, j'intimide ceux-ci par des menaces, je séduis ceux-là par des présens. Ah! s'ils pouvaient imaginer, ces fiers consuls, ces graves sénateurs, ces turbulans plébéïens, qu'ils sont les instrumens de mon amour, que je ne souhaite la pourpre consulaire que pour ôter tout prétexte aux refus de ton farouche tuteur, de ton inflexible mère, que pour te serrer dans mes bras..... O ma bien-aimée, souvent au sénat, dans le Forum, je me rappelle ces baisers, voluptueux langage de nos entrevues mystérieuses: je laisse errer mon imagination sur ces douces caresses, sur celles plus douces encore qu'elles promettent..... Alors ma tête se perd, mon cœur palpite, mon sang bouillonne et s'enflamme; un cri sourd et terrible s'échappe de mon sein..... mes amis y croient voir l'élan du patriotisme, je ne les détrompe point : toi seule, ô mon Icilia, dois en connaître la cause, car toi seule peux y répondre !.... oui, y répondre : ô mon amie, qu'est-ce donc qu'un amour sans plaisir ? C'est un arbre sans fruit, une carrière sans but, un combat sans triomphe..... Ces rendez-vous si chers, ces baisers si délicieux, sont pour moi le tourment d'Ixion, le supplice de Tantale..... mais que dis-je ? te voir, t'adorer, espérer être ton époux,.... ces biens sont déjà trop de bonheur ; ils embrâsent mes sentimens, bouleversent ma pensée ; comment donc pourrais-je soutenir cette félicité suprême que je te demande... ah ! pardonne, divine amante : vois dans ce désordre l'excès de ma passion, et songe qu'il doit moins effrayer ta vertu que satisfaire ton cœur. Je serai demain à l'asile du mystère, à l'heure du désir. Je tombe à tes genoux, et couvre de baisers ton visage céleste. »

SEMPRONIUS.

Dieux ! s'écria d'abord Virginie ;
qu'Icilia est heureuse ! combien elle
est chérie ! mais qu'elle est imprudente !..
des rendez-vous secrets à Sempronius !..... et je croyais la voir dompter
son amour..... ah ! malheureuse, il n'y
a que moi qui doive vaincre une tendresse dédaignée !!..... mais d'où vient
ce mouvement de censure et d'amertume ? Oserais-je blâmer Icilia de ne
point résister à une inclination mutuelle, quand je cède presque à un attachement solitaire et rebuté ? N'est-ce
point la jalousie qui me rend si sévère ?..... ah ! purifions mon âme, et
que l'honneur, l'amitié seule, et non
un bas, un âpre dépit, m'inspirent les
efforts que je vais tenter pour sauver
la sœur d'Icilius.

Virginie à l'instant même se rend
chez Icilia, en la priant de venir l'ai-
der sans délai à un ouvrage important
et pressé. Térentille, qui estimait la
fille de Virginius, lui offre ses services :

Virginie la remercie, et se hâte de sortir avec Icilia. Par Jupiter, dit celle-ci, dès qu'elles eurent passé le seuil, vous avez bien fait, mon amie, de nous délivrer de ma mère, elle nous aurait harcelées par ses austères et continuels avis. — Il serait bien à souhaiter, reprit Virginie, qu'elle pût assister à l'explication que nous allons avoir, ou plutôt qu'elle l'eût prévenue par ses conseils : ô ma chère Icilia ! comment pouvez-vous accorder à un homme que votre famille rejette, des entrevues et des faveurs que vous ne devriez pas même vous permettre après la fête Sponsalia? Pensez-vous que Délius, esclave de ses sens, pourra leur commander sans cesse? Le pourrez-vous vous-même? Vous vous flattez peut-être que votre tuteur sera contraint de vous nommer l'épouse de celui dont vous semblerez la maîtresse. Icilia, désabusez-vous : Virginius ne s'en montrera que plus inexorable, et lorsqu'enfin il se laisserait fléchir, vou-

driez-vous risquer de perdre le respect
de votre amant ? — Icilia rougit et resta
un moment interdite ; puis cachant sa
confusion sous un air d'ironie : Je com-
prends par cet étrange discours, ré-
pondit-elle, que mon secret vous est
connu, et je suis doublement étonnée
de découvrir que la scrupuleuse Virginie ait l'indiscrétion de lire un écrit
qui ne lui est pas adressé. — Les tablettes étaient ouvertes.... — Et qu'elle
voye une faiblesse comme la conséquence d'un entretien : est-ce qu'elle
aurait cédé en imagination à mon frère?
Il est fâcheux qu'il ne le sache point,
il en profiterait peut-être.... — Pauvre
Icilia, je vous aime trop pour m'offenser de ce sanglant sarcasme ; il ne
fait au contraire qu'animer mon zèle,
et joindre la compassion à l'amitié :
lorsque la fièvre égare un malade, on
redouble de soins et de ménagemens.
— En vérité, les pontifes ont bien
tort de choisir les vestales parmi les

3.   8

enfans de neuf à dix ans, ils devraient
prendre les jeunes filles trompées dans
leurs affections, car elles deviennent
plus rigides que de vieilles matrones,
non-seulement pour elles, mais pour
les autres. — Laissons là mon infor-
tuné penchant, reprit Virginie, d'une
voix altérée, il n'existe plus.... sur-
montez aussi le vôtre, Icilia, et ce sacrifice non moins indispensable sera
bien plus glorieux. — Croyez - vous
que je puisse payer par l'indifférence
l'ardeur de Sempronius ? — Agissez
comme si vous le faisiez : on ne peut
que cela, ajouta Virginie, en laissant
couler une larme. — Non, non, répliqua vivement Icilia, je ne désolerai
point mon amant par une défiance
inutile, et aussi injurieuse à son honneur qu'au mien; je continuerai à le
voir sans trouble et sans crainte, et
l'excès, la constance, la pureté de nos
feux, triompheront de l'opiniâtre ma-
lice de nos ennemis. — Eh quoi, me

comptez-vous parmi eux? s'écria Virginie ; mais Icilia ne l'entendait plus :
elle gagnait en courant l'île sacrée.

Dans sa précipitation à fuir les sages
et pressantes exhortations de Virginie,
Icilia ne songea pas même à retirer de
ses mains la lettre de Sempronius : Virginie se proposa d'abord de la remettre
à Térentille, afin qu'elle arrête sa fille
sur le bord de l'abîme, en l'éloignant
de Délius, mais elle réfléchit soudain
que ce serait perdre Icilia dans l'opinion de sa famille, et contribuer à lui
ravir l'honneur, bien loin de le lui con-
server ; car l'austère Térentille ajouterait
la roideur et le mépris à un ordre si
pénible ; l'indocile Icilia se ferait gloire
d'y résister : non, je ne compromettrai
point l'autorité de l'une, je ne frois-
serai pas la fierté de l'autre.... faisons
appel à la dignité d'Icilia : sans doute
cette âme indépendante, qui braverait
une impérieuse défense, cédera à un
procédé généreux.

D'après cette conviction, Virginie se rend le jour même chez Icilia, à l'heure où elle espère la trouver seule, et lui rend les tablettes de Sempronius. Chère amie, lui dit-elle, il serait convenable que je remisse cette fatale épître à la prudence maternelle, pour qu'elle empêche ces dangereux rendez-vous, et je le ferais à l'égard de toute autre jeune personne ; mais je suis persuadée qu'il serait superflu de commander à la noble et sensible Icilia un sacrifice qu'exige la vertu, et que sollicite l'amitié. — Icilia rougit de confusion ; elle ne peut éviter de reconnaître la supériorité de Virginie. Quoi, lui dit-elle, vous ne conservez point de ressentiment contre mes piquantes réponses ? — Elles ne peuvent plus m'atteindre, et je me serais puni moi-même en voulant vous punir. — Mais enfin, Virginie, comment ne profitez-vous pas de cette occasion pour vous assurer mes bons offices auprès d'Icilius? — Vous me les avez jadis offerts, je les ai refusés, je les refuserais encore : jugez si j'en peux faire une égoïste et basse condition au plaisir de vous obliger? Quel reproche pour Icilia! elle rougit de nouveau. O Virginie! s'écria-t-elle involontairement, Junius t'adore!.... — Flatteuse imposture de l'amitié, tu ne me séduis point, reprit la fille de Virginius; s'il en eut été ainsi, Icilia, m'auriez-vous laissée jusqu'à ce jour me consumer dans la douleur? Non, c'en est fait, je renonce à votre frère, oubliez de même Sempronius! — Virginie s'éloigne en achevant ces mots, pour cacher les larmes amères qui les démentaient. Icilia ne la rappela point : l'orgueil, la honte, et l'amour retinrent l'aveu déjà commencé. Eh pourquoi, se dit-elle, irais-je m'abreuver de ses mépris, par une confession tardive et inutile? Icilius l'aime-t-il encore? Elle-même le sait-elle chérir? S'ils s'aimaient bien, qui pourrait les désunir? Qui

peut m'arracher à Délius?.... Et que
dois-je à Virginie, après tout? L'affection qu'elle me porte ne balance point
sa haine pour mon ami; que peut-elle
lui reprocher? Elle n'est plus influencée
par mon frère, le serait-elle par le secret désir de me voir la compagne de
son infortune? Elle m'a rendu ces tablettes qui m'auraient perdue: mais cette
action est plus adroite que généreuse,
car elle sait bien que je n'écouterais
nullement les vaines déclamations de
Térentille, et elle espère me lier par ma
propre force; mais je ne serai point la
dupe de ce stratagême, et tu n'en seras
point la victime, ô bien-aimé Sempronius!

CHAPITRE XXXII.

Explication avec Numitorine.

LE mois de juin se passa dans les
mêmes dispositions : Virginie proté-
geait Numitorine , et fuyait Icilius,
qu'elle adorait de plus en plus. Celui-ci,
désespéré de son indifférence, dont il
ne pouvait plus douter, cherchait en
vain des consolations dans les soins de
l'amitié et les intérêts de la patrie.
Numitorine recevait toujours ces témoignages de sa tendresse pour Virginie, s'obstinait à croire que bientôt ils
lui seraient adressés, et les enveloppait
dans un profond silence. Sempronius
s'efforçait d'entraîner Icilia dans l'infamie, par le chemin du sentiment,
et celle-ci se livrait sans réserve et sans
défiance à l'impétuosité de sa passion,

et aux tentatives de son séducteur.
L'amour suit la pente des caractères;
ainsi il se montrait ardent et noble
chez Icilius, tendre et vertueux chez
Virginie, timide et lâche dans Numitorine, fougueux et téméraire dans
Icilia, impur dans Sempronius. Telle
l'eau bouillonne sur les rocs élevés, étincelle aux rayons du soleil, se traîne sur
la poussière, se précipite et s'égare dans
un sentier rapide et tortueux, et se
souille dans la fange.

Le but de Virginie, en se prêtant au
tourbillon des distractions, avait été
sans doute de guérir son cœur en l'é-
tourdissant; mais le secret désir d'é-
tonner Junius, de le ramener par le
dépit, s'y était glissé furtivement : elle
ne soupçonnait pas ce motif, et ne le
découvrit que lorsque voyant Icilius
s'entretenir autant avec Numitorine,
et s'occuper davantage des affaires politiques, elle éprouva le vif et humi-
liant déplaisir de l'espoir déçu. Dès-

lors, le mal de son âme répandit une
si douloureuse langueur sur tout son
corps, que loin de se livrer aux fêtes
de la saison, elle pouvait à peine s'acquitter de ses travaux domestiques.
L'aspect des feux mutuels de Délius et
d'Icilia ajoutait encore aux chagrins de
Virginie. Tout est aimé autour de moi,
excepté moi, se répétait-elle involontairement, avec de longs et cruels
soupirs; et son âme, trop élevée pour
connaître les tourmens de l'envie, était
aussi trop sensible pour ne pas être
en proie à ce vide affreux, ces désirs
désespérés, cette profonde amertume,
terrible inanition du cœur.

Elle n'osait plus confier ses angoisses
à Azamé, comment aurait-elle pu exprimer des sentimens qu'elle rejetait
quand sa bouche voulait les avouer, et
qu'elle embrassait en prononçant
qu'elle allait les fuir? en vain elle rap-
pelait ce sublime enthousiasme, cet
intime bien-être, qui dans les premiers

3.   9

momens suivirent ses généreux efforts ;
la poignante idée de souffrir par son
choix, remplissait tous ses souvenirs.
Elle cherchait la paix, et trouvait l'ac-
cablement ; l'amitié, elle ne ressentait
que l'amour ; l'héroïsme, elle ne re-
cueillait que la douleur : de fugitives
espérances ébranlaient sa raison sans
adoucir son sort ; de fréquentes résolutions renouvelaient à chaque instant
son sacrifice, de déchirans regrets lui
ravissaient la récompense de sa vertu :
triste, sombre, désespérée, ses jours
étaient sans repos, et ses nuits sans
sommeil : les occupations lui causaient
de la fatigue, les distractions, du dé-
goût, l'étude, un insupportable ennui,
le commerce de ses amies, une pénible
gêne, et la solitude semblait dévelop-
per ses souffrances, et lui en répéter
le tableau : cependant, c'était là sa
situation la moins cruelle ; et tous les
soirs, lorsque les feux du soleil
commençaient à s'éteindre, elle allait,

suivie de Vétusia ; son esclave fidèle ;
respirer l'air sur le mont Quirinal,
opposé au temple de l'Honneur. Là,
pensive, immobile, jetant des regards
désolés sur la campagne qui l'environ-
nait ; hélas ! se disait-elle, ces masses
d'oliviers, de sycomores, d'érables,
dont les différentes verdures se balan-
cent sous ces vastes nuages de pourpre ;
cette vigne qui, cherchant à s'élever,
retombe parmi les ronces, et rampe
avec elles ; cette poussière embrâsée
que soulève au loin le voyageur ; ces
chemins semés de tombes (*), dont les
sinueux détours se perdent dans l'horizon, ne m'offrent-ils pas l'image de
ma vie ?

La fermeté de Virginius, l'héroïsme
de sa fille, l'erreur d'Icilius, la dissimulation de Numitorine, l'égoïsme
d'Icilia, semblaient devoir éterniser

(*) Les tombeaux des Romains étaient placés
sur les routes.

cette fâcheuse position. A quelque
temps de là, Junius et Icilia étaient
ensemble à la cène, cette occasion
seule les réunissait ; ils mangeaient à
peine, ne disaient pas une parole, et
leurs soupirs répétés, leurs mouvemens
inquiets et brusques, annonçaient le
chagrin et l'impatie nce dontils étaient
tyrannisés. Térentille, fatiguée de cette
scène muette et contrainte, abrège le
repas et se retire.Les deux jumeaux res-
tèrent sur le même lit, sans donner
plus d'attention l'un à l'autre que s'ils
eussent été séparés par mille stades :
enfin, après quelques instans, Icilia
s'écrie : qui le croirait? nous nous ai-
mons avec tendresse, nous pouvons
faire mutuellement notre bonheur, et
nous sommes infortunés! — Icilius
sort de sa pénible rêverie : Ma sœur,
répond-il, que prétends-tu par cette
remarque? — Ce n'est pas seulement
une observation, mais un éclaircisse-
ment, une promesse, une prière,

Écoute, mon frère ; loin que Numitorine te serve auprès de Virginie, elle
te nuit.... — O Pollux! est-il possible?
— Écoute-moi sans m'interrompre ;
elle te nuit, te dis-je ; moi j'aurais expliqué ton silence, interprêté tes soupirs, développé tes espérances comme
je les ai fait naître ; par mon secours,
tu aurais bravé les ordres de ton tuteur,
et charmé sa fille ; reviens à moi, il en
est bien temps : hélas! vous êtes trompés,
désunis, malheureux.... seule, je peux
tout réparer, et je m'y engage ; mais,
cher ami, lorsque je vais servir ton
amour, il faut protéger le mien, il faut
appuyer la demande que Délius va
faire de ma main.... — Non, reprend
Icilius avec force, les lâches actions
que je reprochais à Sempronius, non-
seulement ne sont point effacées, mais
il leur en ajoute de plus criminelles
encore, en s'opposant, par de viles intrigues, à la nomination des commissaires de la loi Térentia, en cherchant

à rendre inutiles les travaux des tribuns, les souffrances du peuple, les concessions des sénateurs, les savantes veilles des députés ; en voulant enfin priver son pays des fruits, des lumières de la justice, de la paix.... et ce mauvais citoyen serait mon frère?.... Jamais...: Icilia, voilà donc le but de ton artificieux discours, voilà donc pourquoi tu accuses Numitorine; jadis tu étais sincère jusqu'à l'imprudence: Sempronius te verse déjà son venin, et tu veux que je te remette entre ses bras, pour qu'il achève de te corrompre?.... — Icilius, l'amitié fraternelle devrait suffire pour rejeter ces outrageans soupçons, mais j'en appelle à ton expérience: depuis quand as-tu perdu la tendre bienveillance de Virginie, si ce n'est depuis que Numitorine est auprès d'elle? quels services t'a-t-elle rendus ou plutôt quels maux ne t'a-t-elle point fait? à mesure que tu presses ta confidente, ton amie ne devient-elle

pas plus farouche? ne recherche-t-elle
pas également la solitude et le monde
pour t'éviter? adieu; je te laisse mé-
diter à loisir sur tout ce que tu dois à
Numitorine. — Icilia, un mot encore,
un seul mot.... éclaircis mes doutes,
mes angoisses.... — Junius, si tu re-
nonces à tes préventions, je t'en ai dit
assez; si tu y persistes, ce que j'ajou-
terais serait superflu.

Non, se dit Icilius, en regardant sa
sœur s'éloigner, non, elle a un intérêt
trop pressant à noircir Numitorine,
pour que j'adopte son témoignage.
Qui aurait pu en effet engager cette
dernière à sortir de son caractère doux
et paisible, à trahir ma confiance, à
tromper les secrets désirs d'une amie
qui la chérit et la protège?... oui, ses
désirs secrets; car Virginie m'aimait...
mais, hélas! elle ne m'aime plus, il est
trop vrai : elle me fuit; elle était gaie
en mon absence, elle me montre de la
froideur et du ressentiment... O dieux!

serait-il possible qu'elle prît le change
sur la nature de mon empressement
auprès de sa cousine! Les soins de ma
fidélité sont peut-être à ses yeux des
preuves d'inconstance, son indifférence envers moi n'est que l'effort
du sentiment blessé : ah! c'est cela,
c'est cela sans doute! Virginie n'est ni
bizarre ni volage. Courons à ses genoux, faisons cesser cette cruelle obs-
curité.... mais mes sermens qu'a reçus
Virginius, mais son inflexible dureté
qui me fera payer cet instant du bonheur de toute ma vie.... Il ne me reste
qu'une ressource: je vais aller trouver
Numitorine; je lui expliquerai sans
détour les assertions d'Icilia : si elles
sont fondées, elles l'exciteront à réparer sa faute, en la pénétrant de honte
et de repentir; si elles sont fausses,
elles enflammeront son indignation et
son zèle. Ce moyen me répugne, je
tremble d'offenser ma sensible confidente, mais il s'agit de justifier mon

honneur et mon amour, d'obtenir
Virginie.... je ne balance pas.

Tandis que Junius prenait cette résolution, Numitorine se berçait des
songes les plus flatteurs. Je suis aimée,
se répétait-elle ; Icilius ne peut s'empêcher de voir que je ne le sers en aucune manière auprès de ma cousine :
je ne lui donne jamais que des réponses
évasives, point de promesses ; point
d'espoir. L'altière Icilia n'aura pas
manqué de le lui faire observer : pourquoi donc ne se lasse-t-il point de venir sans cesse se recommander à mes
soins? Ah! cette assiduité n'est qu'un
prétexte, qu'une erreur ! il appelle
amour, l'amitié qu'il a pour Virginie;
et amitié, l'amour que je lui inspire !...
Je le vois, ses regards, son trouble,
ses soupirs, tout s'adresse à moi sous
le nom de ma cousine. Combien je
suis heureuse ! que m'importe le mot,
lorsque je possède l'objet? Lorsque
mes remarques me rassurent, les cir-

constances me favorisent ; et le ciel m'éclaire par des pressentimens vifs et réitérés. Savoure, savoure bien les illusions de la prévention et de l'espérance, faible Numitorine, tu n'en jouiras pas long-temps.

Dans cet instant, Icilius accourt près d'elle. En voyant la tendresse et la joie briller sur ses traits délicats, il se sent ému ; il se reproche de venir troubler sa paix, d'enfoncer dans son sein les traits de la calomnie pour prix des services les plus constans, les plus sincères peut-être ... il redoute d'être cruel, ingrat, mais peut-être aussi Virginie le juge tel.... Il faut parler : Numitorine, dit-il en hésitant, et d'une voix tremblante, chère amie, de grâce, écoutez-moi sans courroux,.... je viens vous faire une déclaration..... je ne le devrais pas sans doute..... D'après le sujet, l'abandon de nos entretiens journaliers, vous êtes bien loin de vous y attendre.... mais enfin l'amour l'emporte........ Numitorine prend ce discours incohérent pour un doux aveu, et le trouble qui l'accompagne pour l'ardeur de la passion. Tout ce que le contraste a de plus piquant, le succès de plus flatteur, l'espoir satisfait de plus gracieux, un tendre retour de plus enchanteur, séduit, charme, enivre Numitorine; mais cède à l'idée que sa dissimulation est ignorée, et que son bonheur né sera point flétri par les reproches de Virginie. O honneur! principe et centre de tous biens, il n'en est que par toi; tous les hommes le reconnaissent, mais les cœurs pusillanimes ne s'attachent qu'à ta surface.

Numitorine se hâte de faire partager à Junius sa lâche sécurité. Je n'ai rien appris à ma cousine, dit-elle.... Icilius semble frappé de la foudre. Quoi, s'écrie-t-il, je traitais d'infames mensonges les soupçons de ma sœur; je tremblais d'y ajouter foi; je n'osais

vous les insinuer, et vous me les con-
firmez avec une abominable joie?... O
Numitorine! que vous ai-je fait pour
m'accabler ainsi de votre haine?.... —
Ma haine!... ah! dieux immortels, vous
savez si je mérite cette injure!... — Je
reçois cependant de vous tous les coups
de la plus implacable inimitié; vous
m'avez séparé de celle que j'adore;
vous l'avez laissé douter de mes feux;
vous n'avez pas craint.... Il allait con-
tinuer, il allait donner cours à sa vé-
hémente indignation, mais Numitorine, pâle, chancelante, lui tend des
bras supplians : ses lèvres bleuâtres,
agitées par un mouvement convulsif,
veulent proférer une réponse, et ne
laissent échapper que des soupirs déchirans; son sein, oppressé de sanglots,
est inondé de pleurs; l'agonie du désespoir se peint sur tout son être; sa
tête languissante se penche sur l'épaule
d'Icilius. Ah! dit-elle d'une voix
éteinte, adoucis du moins la mort

que tu m'apportes....... Icilius la
soutient, s'apaise. Pauvre Numitorine!
dit-il, je l'ai accablée, ma colère a été
trop ardente, mais mon amour l'est
bien davantage.... Séchez vos larmes,
pardonnez, tout peut se réparer encore;
j'irai trouver Virginie ; je tomberai à
ses pieds.... hélas! je fausserai ma parole.... hé bien, qu'importe.... ô Virginie! juge combien tu m'es chère, je te
sacrifie un devoir.... tu rejeterais sans
doute cette preuve indigne de toi......
mais n'est-ce pas aussi un devoir, ma
bien-aimée, de te rassurer sur ma constance, de te peindre la pureté et l'excès de ma passion?.... oui, c'est un devoir : parce qu'il est doux, il n'en est
pas moins sacré : je le remplirai ;
Numitorine, vous m'en fournirez les
moyens à l'instant même... Chaque mot
de ce discours distillait du poison dans
la plaie de Numitorine. Non, s'écrie-t-
elle avec des cris étouffés, je ne serai
point l'artisan de mon supplice !.... je

ne vous entends pas. — Oh oui!... Votre trouble ne vous permet point d'articuler.... eh bien; ce sera pour demain.... demain, c'est bien tard; Virginie me suspectera; souffrira encore un jour.... Ah! tâchons de nous expliquer, de concerter une entrevue sans délai : je ne saurais attendre. Le désir de me justifier, de me réunir à mon amante, s'élance à chaque instant plus vif au fond de mon âme; il l'excite, l'embrâse, la dévore.... je ne respirerai qu'auprès de ma bien-aimée.... mais ne vois-je pas se projeter son ombre sous ce portique? oui, c'est elle : ah! courons...

A ces paroles, l'impétueux Icilius vole sur les pas de Virginie : Numitorine demeure écrasée par la honte et la souffrance; son cœur, froissé par ce coup, semble être brisé : ne pouvant plus suivre le penchant qui l'entraîne, incapable de se roidir contre le sort, il s'arrête anéanti. Bientôt elle se retrace les délicieuses illusions dont elle se re-

paissait naguères; elle se les retrace
avec amertume et volupté, comme un
homme qui, tombé du sommet d'une
riante montagne, terrassé, meurtri de
sa chute, reste d'abord immobile, puis
élève des regards d'admiration et de
dépit sur le tapis de fleurs qui déter-
mina son infortune, en lui voilant la
pente rapide et traîtresse dont il fut
précipité.

Il est donc vrai, se dit Numitorine;
je ne suis point aimée !!..... et les dieux
ne m'ont point averti de cet affreux malheur? que dis-je, ils m'ont flattée d'une
chère et vraisemblable espérance, afin
de rendre ma peine plus poignante !!...
mais ils n'en jouiront pas long-temps,
une telle douleur ne peut finir que par
la dissolution de mon être : elle s'opère
déjà, mon intelligence est bouleversée,
mes sentimens confus ; je n'entends
plus que des bruits sourds, je ne vois
plus que des ténèbres, eh bien! ô mort,
hâte-toi, délivre-moi de tant de maux,

de l'horreur de servir ma rivale!..... la
servir, moi! quelle exécrable torture!
ah! je ne la crains pas!... il est des souffrances que le cœur ne saurait redouter, car il sent bien qu'il leur échappe-
rait..... mais ne puis-je pas encore conjurer ma ruine, traverser leur union,
dire à mon oncle que l'on méprise ses
ordres, que l'on brave ses menaces?...
non, je ne le ferai point; faible et misérable insecte, je n'ai ni la force de
protéger, ni celle de nuire, je ne puis
qu'aimer, souffrir et mourir!.....

~~~~~~~~~~~~~~~~~~~~~~~~~~~~~~~~

CHAPITRE XXXIII.

Autre explication avec Virginie.
Départ de Numitorine.

Cependant, Icilius s'élance sur les pas de Virginie, qui traversait le portique : saisissons cette occasion, se dit l'amoureux jeune homme ; mon tuteur peut me voir, il est vrai, je commets une grande imprudence : mais n'en serais-ce pas également une d'attendre que Numitorine me procure un entretien ? y mettra-t-elle la précaution et la célérité qu'exige ma situation ? le passé ne semble-t-il pas me répondre du contraire : ah! loin de moi une vaine timidité, je ne l'ai écoutée que trop long-temps! pour obtenir la main de mon amie, je ne m'exposerai pas à perdre pour jamais son cœur.

3. 10

Virginie avait aperçu Icilius soutenir
sa cousine, et courir ensuite après
elle : dans le dessein de l'éviter, elle
court d'un pas léger, et s'enfonce dans
le jardin : Junius, qui la suivait avec
la vitesse du désir, bien qu'elle eût
beaucoup d'avance sur lui, entre quelques minutes après elle dans le bosquet
que Virginius avait dédié au génie de
la naissance de sa fille : Icilius y jette
un tendre et rapide regard, et se
dispose à le franchir, lorsque son
tuteur, qu'il n'avait point vu derrière la feuillée, se présente devant lui,
et l'arrêtant par le bras : Vous n'atten-
diez pas ma rencontre, lui dit-il, d'un
ton sévère. — Je l'avoue, répond Icilius ; mais je ne la déplore pas, lorsque
vous connaîtrez les raisons de... — Quelles qu'elles soient, elles ne peuvent
vous excuser : votre dessein n'est-il
pas de violer une promesse sacrée ? —
Mon père, les circonstances m'en font
un devoir, vous en allez juger. J'avais

chargé Numitorine de dire à Virginie
que je l'adorais toujours (je risque
peut-être de vous offenser par cet
aveu, mais je veux être sincère); votre
nièce, par une négligence inconcevable,
a gardé le silence : Virginie croit que
la confidente de mes feux en est l'objet,
et me fuit comme un perfide..... ô sage
Virginius, vous ne voudriez pas que
nous soyons désunis, et que je me ra-
visse moi-même l'affection et l'estime
de celle qui doit être mon épouse.....
j'ignore votre décision ; mais voici la
mienne : ni mes sermens, ni votre indignation, ni l'espoir même de l'hymen de votre fille ne m'empêchera de
contenter le besoin de l'amour et de
l'honneur, rien ne peut me retenir.....
— Eh bien! exaucez ses vœux, mon
père, s'écrie Virginie, qui, passant alors
auprès du bosquet, avait entendu cette
dernière phrase; exaucez-les, qu'il soit
heureux puisqu'il peut l'être, répéta-
t-elle d'une voix forte, qui contrastait

avec sa pâleur et le tremblement de tout son corps. — Dieux! s'écrie à son tour Icilius, elle prie pour mon bonheur: ô chère et généreuse Virginie, vous n'êtes donc pas irritée de mon infidélité prétendue?..... mais pourquoi cette émotion, ces larmes que vous cherchez à me cacher? ma félicité vous coûte-t-elle quelque effort? —Une noble et douloureuse fierté se peint sur la figure de Virginie; elle détourne à demi la tête: Je ne veux point satisfaire, dit-elle, à cet insultant discours, j'y répondrai par mes actions: ô mon père, vous vous êtes solennellement engagé à fixer le sort de Numitorine à ma demande, je réclame aujourd'hui votre parole, unissez-la à votre pupille!!! — En finissant ces mots, Virginie chancelle; mais s'appuyant contre la statue de son génie, elle reprend avec plus d'énergie encore: Seigneur, au nom des dieux, unissez-les!....—Est-il possible, s'écrie Icilius en reculant, Vir-

ginie, vous me condamnez sans m'entendre!..... — Je ne vous ai que trop
entendue : « *Ni mes sermens, ni
votre indignation, ni l'espérance de
l'hymen de Virginie ne peut m'arrêter.* »—Ah! si vous saviez..... si vous
pouviez comprendre!..... mon tuteur, mon père, révoquez vos ordres,
aussi bien il m'est impossible de m'y
conformer maintenant; vous voyez à
quelle bizarre et cruelle extrémité leur
observation m'a réduit. — Si vous les
aviez suivis simplement, reprend Virginius, sans tenter de les éluder par
l'entremise de Numitorine, vous n'y
auriez pas été exposé: mais je vous pardonne, je vous rends vos sermens; je
ne crains plus rien pour vous, ni pour
ma fille; sa force à dompter l'amour,
à vaincre la jalousie, me promet qu'elle
régnera toujours sur ses passions, et
la possession de ce cœur vraiment romain, loin d'amollir votre courage,
l'enflammera d'une héroïque émula-

tion. — Quoi, s'écrie Icilius sans répondre à son tuteur, Virginie, vous
m'aimez..... ah! confirmez-moi ce bonheur, il est trop grand, je ne puis le
croire; et plus vous me l'assurerez,
moins j'y pourrai ajouter foi..... vous
m'aimez!.... parlez-moi de grâce, chère
Virginie! à l'ivresse que m'inspire cette
espérance, jugez de ma douleur si vous
la détruisez!.....

Icilius est aux genoux de son amie :
il presse ses voiles, sa robe, ses mains,
il les couvre de baisers et de pleurs;
Virginie se trouble et rougit : un tendre et pudique embarras abaisse ses
yeux, où éclatait tantôt une sublime
fermeté; elle penche la tête sur son
sein palpitant, et regardant autour
d'elle avec un doux sourire : Il me semble, dit-elle d'une voix timide, que ce
bosquet n'est consacré à ma vie que
depuis cet instant.... Virginius lui-même
est touché de cette réponse pleine de
délicatesse, de candeur et de sentiment.

Mon fils, dit-il, contre ce noble et pur amour, l'inconstance naturelle à ton sexe, serait, non plus une ressource, mais un malheur.... — Et un crime, réplique vivement Junius; mais je ne jure point que je ne m'en rendrai coupable, comme je n'assure point de ne pas trahir la patrie, de fuir devant l'ennemi.... ô ma bien aimée! que l'impuissance de mes sermens, que cette comparaison te prouvent combien mon ardeur est énergique, brûlante, inaltérable! — Heureuse Virginie! s'écria-t-elle, tu es aimé comme tu aimes, comme tu voulais l'être!.... Infortunée Numitorine! — Comment, mon amie, tu la plains de n'avoir pu achever notre ruine? Tu t'intéresses à sa haine? — Ah! ce n'est point l'inimitié qui domine son âme.... — Elle m'aimerait!... je lui pardonne.... — Et moi je la condamne, repartit Virginius; loin que l'amour puisse être l'apologie de l'erreur, il ne peut être souffert et sanc-

tifié que par un pénible héroïsme :
c'est pour cela que je tolère le tien, ma
fille ; et dis-moi, la conduite de Numitorine, qui abuse de ta généreuse hos-
pitalité, trahit la confiance de Junius,
cherche à te remplacer dans son cœur,
en feignant de vous servir l'un et l'autre ; ne te semble-t-elle pas un prodige
d'ingratitude et de lâcheté ? Tu rou-
girais d'en concevoir seulement la
pensée ; eh bien, pourquoi excuser
dans autrui ce qui te révolterait pour
toi-même ? en tout et partout, méprise
ce qui est abject, déteste ce qui est
odieux ; la vertu doit être aussi consé-
quente dans ses jugemens, que sublime
dans ses sacrifices. — Et plus ces sacrifices sont grands, reprit Virginie, plus
elle doit être indulgente. Comment oserais-je, seigneur, accabler ma cousine de
mes dédains, moi qui, formée de votre
sang, nourrie de vos maximes, fortifiée
par les soins et l'exemple d'Azamé, ai
tant de fois trouvé que la rigueur de

mon dévouement en surpassait la gloire ; moi qui m'en suis repentie.., moi enfin , qui ai souhaité à Numitorine l'indifférence d'Icilius, dans le temps même que je sentais ne pouvoir survivre à ce terrible malheur? — Voici bien les femmes, s'écrie Virginius : elles ne sauraient s'élever jusqu'à la hauteur de la vertu!.... — Ah! dit Icilius, cette humble et tendre pitié rend celle de Virginie plus noble, plus pure, plus touchante.... — Elle ne me persuade point cependant, car je vais de ce pas annoncer à Numitorine que , malgré ses vils artifices, vous avez expliqué votre résolution, que je l'ai bénie, et qu'elle doit à l'instant quitter ces lieux, où elle a semé trop long-temps la division et la douleur. — Seigneur, dit Virginie, de grâce, n'ajoutez pas à cet arrêt, déjà si cruel, ces terribles reproches, ce serait un coup de foudre armé de traits aigus.... ah! j'ose vous le dire, cela ne sera pas.... vous m'avez rendue l'arbitre de la destinée de ma cousine ; je réclame ce droit.... — Quoi, tu veux l'instruire toi-même! — Non : elle aurait trop à souffrir d'apprendre la perte de ses espérances de la bouche de sa rivale. — Eh, qui veux-tu donc employer? — Azamé; elle plaindra les peines de l'amour, elle palliera ses faiblesses, elle se souviendra qu'elle a aimé.... ah! mon père, souvenez-vous-en vous-même! — Tu sais donc tout, Virginie? — Oui, je connais vos feux, vos chagrins, vos vertus,... ah! seigneur, ah! mon père, au nom de ces souvenirs, n'accablez pas la malheureuse Numitorine!..., — Eh quoi, mon amie, interrompit Icilius, tu ne t'en es pas servi pour solliciter pour toi-même? — Qu'aurais-je demandé? je croyais n'être pas aimée..... qu'importent tous les biens sans la vie, et ma vie était la tendresse. — Icilius fléchit de nouveau le genou devant Virginie : il l'entoure de ses bras, mais sans oser

la toucher : ô fille céleste, s'écrie-t-il ;
tout ce que le respect a de plus profond, l'admiration de plus exalté, la
reconnaissance de plus affectueux, l'a-
mour de plus ardent, s'unissent dans
mon cœur pour te rendre un culte d'a-
doration ! Mon noble tuteur, conti-
nua-t-il, en s'adressant à celui-ci ;
pourrais-je être accessible au patriotisme, à la gloire, si je ne l'idolâtrais
pas ? — Ta passion ne doit en être que
le résultat et l'accessoire, reprit Septius,
avec une expression de joie qui perçait
malgré lui à travers l'austérité de sa
réponse. — Souffre que je m'arrache
à tes transports, dit Virginie à Junius,
mon père n'est point adouci pour ma
cousine, et ses tourmens vont égaler
mes plaisirs : je n'en puis soutenir l'idée.
— Va, mon enfant, dit Virginius, suis
les inspirations de ta belle âme : ma
vengeance paternelle en est d'autant
mieux assurée ; car tes généreux procé-
dés, en montrant à mon indigne nièce

toute la bassesse des siens, l'écrasera de honte et de repentir. — Elle les ignorera toujours, se dit intérieurement Virginie, en se hâtant de quitter le bosquet.

Elle trouva son institutrice plus irritée encore contre Numitorine que Virginius. La sensible Azamé avait trop vu les angoisses de sa fille chérie, elle les avait trop vivement déplorées, trop profondément ressenties, pour pardonner à celle qui les avait causées volontairement, et elle protesta qu'elle lui reprocherait avec force le noir et vil égoïsme de sa conduite. Virginie, dont la mâle énergie n'excluait pas l'adresse de son sexe, et ne faisait que l'ennoblir, ne s'attacha pas à chercher des excuses que ses pleurs, naguères essuyées par Azamé, lui auraient rendu superflues et fatigantes; mais elle lui dit : Chère et seconde mère, ne voyez-vous point que je paraîtrais m'être lassée de mon sacrifice, me venger lâchement en ex-

citant votre courroux, trahir le secret
que j'avais promis à ma cousine, et du
moins ne point mériter mon triomphe,
puisque j'en jouirais avec dureté. Ah!
par pitié pour moi, que ces odieuses
imputations n'empoisonnent point ma
félicité ; permettez que je protège encore celle à qui je répétais vos sages et
tendres leçons, celle à qui votre exemple assurait mon dévouement... et j'ose
vous le dire, plus je lui suis supérieure,
plus je dois la secourir. L'arbre de Jupiter (*) étend au loin son ombrage sur
l'herbe qui rampe à ses pieds, et ne
l'accable point du poids de ses rameaux.

Quoique la fierté d'Azamé fût re-
veillée par ces paroles, sa tendresse
maternelle en surmontait l'impulsion ;
elle promit à regret d'épargner Numitorine, et se proposa de lui faire sentir
indirectement combien elle la trouvait

_____

(*) Le chêne était consacré à ce dieu.

coupable; mais en entrant près de celle-ci, toute sa colère fit place à la compassion, lorsqu'elle la vit pâle, immobile, renversée sur son siége, comme si l'existence eût cessé de l'animer. Ses voiles déchirés en lambeaux, ses cheveux trempés de larmes, épars sur son visage et leurs nombreuses boucles entortillées autour de ses mains roidies, annonçaient le désespoir qui avait précédé cet abattement. Malheureuse ! s'écria involontairement Azamé. — Ah! dit Numitorine en ouvrant ses yeux gonflés de pleurs, vous connaissez donc ma détresse? La pitié seule empêcha Azamé de répondre : Et votre faute. Numitorine, lui dit-elle, la perte de vos espérances nécessite votre départ; vous l'avez résolu sans doute, et je viens pour vous accompagner. — Moi partir, grands dieux! ma ruine est donc certaine, irréparable!... Icilius m'abandonne.... —Non, il est détrompé, repartit Azamé, qui détaille avec

complaisance comment le dévouement
de Virginie avait provoqué une explication, retenue jusqu'à ce jour par la
plus lâche.... Mais je vous disais, ajouta-
t-elle, que votre cousine, toujours
noble et généreuse, vous a délivré, par
ses prières, de la présence et des reproches de Virginius. — Cette générosité
si vantée, est nulle dans sa cause
comme dans ses effets; quand le corps
est tout entier en proie aux flammes
dévorantes, qu'importe qu'un doigt
en soit préservé.... Virginie prie pour
moi... ah! qu'il est aisé de ne point accabler une misérable, écrasée, anéantie.
— Ingrate! faut-il vous rappeler que
Virginie vous a fait venir auprès d'elle
lorsque vous paraissiez une rivale dangereuse; que lorsque vous le devîntes
par vos viles intrigues, elle n'a point
cessé de vous protéger contre son père
qui ordonnait votre éloignement;
qu'aujourd'hui même, déchirée de
douleur, croyant que l'homme qu'elle

chérit sollicitait votre hyménée, elle a
appuyé vivement sa demande ; et vous
trouvez sa vertu facile !... — Hélas ! ces
pénibles efforts, ces sacrifices déchirans, sont des délices près des tortures
auxquelles je suis condamnée. Virginie
avait pour la soutenir la tranquillité de
son caractère, l'espérance, l'admiration de tous, et moi, je courbe sous le
poids de mon excessive sensibilité, du
désespoir et du blâme universel. —
Votre situation est triste, mais vous
avez encore des ressources. — Quoi,
ne venez-vous point de me dire qu'ils
s'aiment, et vont être unis ? — Oui.
— Eh bien, que me reste-t-il ? — Le
suffrage général, l'estime de vous-
même, une douce et honorable paix,
la liberté de l'âme, les consolations de
l'amitié ; vous pouvez attendre encore
les joies de la nature, mais croyez-en
mon expérience, avec ces premiers
biens seulement on peut vaincre l'a-
mour et s'indemniser de sa perte. —

Moi, dompter ma passion !... plutôt
mourir mille fois que de le tenter!......
Conseil absurde et cruel!... Vénus domine toutes mes facultés, tous mes
sentimens. Où trouverai-je un point
d'appui pour lui résister? — Une volonté ferme peut.... — Je me servirais
de ma volonté contre Icilius !... je n'en
ai point d'autre que de l'adorer, et ce
secours que vous m'offrez est comme
l'essence embrâsée de Bacchus qui,
versée sur un incendie, ne fait que
l'animer davantage.

Azamé gardait le silence; elle cherchait en elle-même le moyen de déter-
miner Numitorine à partir sans trop la
blesser. Impitoyables divinités, s'é-
criait celle-ci, quel avenir m'avez-vous
préparé? penser pour me plaindre, respirer pour gémir, vivre pour abhor-
rer la vie!... ne vaut-il pas mieux mourir? mais je ne pourrai plus ni te voir ni
t'entendre, Icilius, toi que j'idolâtre...
ah! je déteste également et la vie et la

mort.....—Chère Numitorine, dit Azamé, calmez-vous : Icilius peut tout ouïr.
— Eh bien! que dois-je ménager, que
puis-je craindre? qu'il vienne, qu'il
contemple son ouvrage, qu'il se
rassasie de mes supplices!.....— En
disant ces mots, elle se meurtrissait le
visage, se déchirait la poitrine, frappait
sa tête contre les colonnes. Azamé, qui
voyait de loin Septius et son pupille,
et qui tremblait que leur présence ne
produisît une scène terrible, profita
de l'épuisement qui succédait à la
frénésie de Numitorine, pour la porter
dans une litière; elle se place à côté
d'elle, fait atteler les chevaux. Numitorine était tellement accablée, qu'elle
ne s'aperçut de rien; mais le premier
mouvement des roues la tira de sa lé-
thargie : elle s'arrache des bras d'Azamé, s'élance hors de la litière, et serait tombée sur le pavé, sans Virginie
qui accourut précipitamment pour la recevoir sur son sein. Ah! s'écrie Nu-

mitorine en se débattant avec force, ce
perfide enlèvement m'éclaire! je suis
aimée, on m'abuse, on me dérobe à
Icilius..... parjure Virginie, est-ce ainsi
que tu remplis ta promesse, que tu
finis la concurrence ? la violence
seule est ton triomphe. — Virginie ne
lui répond que par des larmes de pitié.
— Vous en seriez bien capable, dit
Azamé avec indignation. — O mon
amie, reprend Virginie d'un ton sup-
pliant, ne l'outragez pas, voudriez-vous
maltraiter un malade agité par d'hor-
ribles convulsions? hélas! le délire du
désespoir est bien plus affreux que le
délire de la nature!...—Ne me défends
pas à demi, dit à voix basse Numitorine, obtiens que je demeure ici.... hélas! je ne te dispute plus Icilius, qu'il
soit ton époux, laisse-moi seulement
la douceur de l'apercevoir, d'habiter
près de lui, de respirer l'air qu'il res-
pire. — Tu exciterais sa compassion.....
— C'est ce que je veux!..... ah! lors-

qu'il contemplera ces angoisses passionnées, ces cris déchirans, ces défail-
lances mortelles, lorsqu'il comparera
l'excès, l'abandon de mes feux, à ton
penchant froid et contraint, il rougira
de son injustice..... et c'est ce que tu
redoutes : tu frémis de le voir abjurer
son ingratitude, me donner tout son
cœur, me faire passer de ses pieds dans
ses bras! — Ciel! qu'ose-t-elle dire,
s'écrie Virginie, en rougissant de fierté
et de pudeur? — Qu'elle parle, reprit
Azamé, et soudain la litière s'ébranle et
vole. Némésis, furies infernales, et vous
tous dieux de la vengeance, s'écrie Numitorine, écoutez les vœux de ma douleur : qu'un jour un persécuteur jaloux,
son égal en fourberie, en dureté (s'il
en existe, hélas!), la sépare de son amant,
s'abreuve de ses pleurs, rejette ses plus
justes, ses plus humbles supplications,
et la réduise, ainsi qu'elle me le fait
éprouver en cet instant, à ne plus avoir
d'autre asile que la tombe!

Le bruit de la litière emportait une partie des discours de Numitorine; mais ces dernières paroles vinrent frapper au cœur de Virginie; elle recule épouvantée, et levant les mains au ciel : ô dieux, dit-elle, vous savez si je les ai méritées, ces effroyables imprécations, cependant j'en frissonne..... détournez-en les terribles effets..... elles doivent être redoutables comme celles d'un mourant..... la malheureuse Numitorine ne vient-elle pas de renoncer à tout ce qui fait l'existence ?

~~~~~~

CHAPITRE XXXIV.

Joie d'Icilius et de Virginie. Appius Claudius est nommé consul, puis décemvir.

Le retour, les soins affectueux d'Azamé, l'assurance qu'elle donna à sa fille adoptive que Numitorine, devenue plus sage, rétractait ses malédictions (cette assertion était autant dénuée de vraisemblance que de vérité, mais Virginie la crut); les caresses solennelles de Virginius, et plus encore, les amoureux transports d'Icilius, calment l'inquiétude de l'aimable romaine, et lui font goûter une félicité qui ne différait de celle des dieux que par la durée. La satisfaction intime de la vertu, l'effusion de la maternelle amitié, la protection auguste et tendre de l'amour paternel, une approbation bienveillante et respectueuse, auxquels se joignaient la chaste timidité d'une inclination naissante, l'ivresse d'une passion développée, la confiance et la sécurité de l'estime; et ces espérances d'hymen, ces rêves remplis de plaisirs, ces plaisirs pleins de rêveries, ces doux épanchemens, cet échange de goûts, ces longues conversations où l'on épuise tout ce que l'honneur a de plus sublime, la folie de plus gracieux, le sentiment de plus touchant, et cet enchantement mutuel de trouver chaque jour dans l'objet chéri un nouveau moyen de plaire et dans son âme une nouvelle puissance d'aimer.

Cet état pur et délicieux comble les désirs de Virginie, mais ne fait qu'exciter ceux d'Icilius. Après quelques nundines, il sollicite ardemment la main de son amie. Mon fils, lui dit Septius d'un ton triste et sévère, je l'avais bien prévu, les soins de votre amour vous rendent étranger aux événemens de la républlique. — Non, mon père, reprit le jeune homme en rougissant, j'ai su..... je sais que les patriciens s'opposent au choix des commissaires. — Ensuite? — Le temps l'apprendra. — Il l'a déjà appris à ceux que n'assourdissent point les passions ; le voici : lassés des injustes refus de Ménénius, sous le vain prétexte qu'il appartient aux consuls de l'année suivante d'élire les décemvirs, les tribuns ont convoqué les comices pour avancer leur nomination ; mais les intrigues du sénat ont fait désigner Titus-Genucius et Appius-Claudius... Appius-Claudius! cet ambitieux, ce traître, ce tyran... — Et le fléau de votre jeunesse, Virginie m'a tout confié. — N'y songeons pas maintenant, il s'agit de plus puissans intérêts ; Appius, toujours si contraire aux plébéiens, éludera de jour en jour la création des nouveaux magistrats, et frustrera Rome des fruits de tant de dissensions, de peines et de travaux..... ah! fils d'Ici-

lius! en de si graves circonstances,
lorsque les dangers de la patrie récla-
ment toute votre sollicitude, comment
pouvez-vous penser à l'hyménée ? —
Mais, reprit Icilius, la fermeté et le
courage des tribuns à demander des lois,
sont le garant de leur résolution à les
faire exécuter : je me rappelle Duillius, se maintenant dans le tribunat
malgré les efforts et les réclamations
des patriciens; Siccius reproduisant la
loi agraire, si universellement et si
souvent proscrite par les grands * ; Icilius poursuivant pendant près de dix
ans l'acceptation de la loi Térentia au
milieu des fureurs de la discorde, de la
guerre et de la peste, et je ne saurais croire
qu'ils se laissent vaincre maintenant en
intrépidité, en adresse, en persévérance;
non, mon sage tuteur, ils convoque-
ront l'assemblée du peuple, ou force-
ront le sénat de la convoquer; les décemvirs seront élus; la justice, la paix,
la liberté le seront avec eux, et Appius

3.   12

n'aura revêtu la pourpre consulaire
que pour la déposer. — Je veux l'espérer avec vous, Junius; mais en atten-
dant, toutes les affaires particulières
doivent cesser comme lorsque l'ennemi menace Rome : eh! l'exécrable
Appius n'est-il pas le plus redouta-
ble!..... ne songez donc pas à devenir
mon gendre tant qu'il sera à la tête du
gouvernement. — Mon père.... — Point
de réplique Icilius , cela sera ainsi,
j'en jure par les dieux, les mânes de
mon ami, l'honneur et mon pays!.....

Jugeant bien qu'il était impossible
de faire revenir Septius sur une telle
décision , Icilius passait tout son temps
à entourer les temples (12) où s'assem-
blaient les sénateurs, à fréquenter les
environs des foyers de Ménénius et de
Sestius, à assiéger la tribune aux harangues; mais rien ne transpirait de ce
qui se décidait dans ces premiers lieux,
et il n'entendait au Forum, que des
plaintes sur l'artifice des consuls, dont

l'un, feignant une maladie, ne sortait
point de sa demeure pour n'être point
contraint de proposer au sénat la requête des tribuns, et l'autre refusait
de se charger de cette commission avant
la guérison de son collègue.

Icilius, que ces retards désespéraient,
consultait sans cesse son oncle sur leur
issue; il répétait ses imprécations, ses do-
léances à ses amis, sa sœur, Azamé, Virginie; il s'affligeait lorsqu'on s'efforçait
de lui donner des espérances, s'irritait de
voir partager ses doutes, combattait avec
véhémence des craintes qu'il venait de
persuader, mais il gardait le silence envers sa mère, dont il connaissait l'opinion, et plus encore envers son tuteur;
car il tremblait que cet austère républicain ne lui reprochât de faire servir les intérêts de la patrie à ceux de son amour.

Cependant les tribuns, non moins
inquiets, non moins actifs que le jeune
amant, ne se contentèrent pas de gémir de l'inaction des patriciens : ils

eurent recours à Appius, dont la subite
popularité à l'instant des comices pour
la désignation du consulat, avait révélé
l'ambition secrète : ils s'assurent sa
protection et celle de son collègue
Genucius, en leur promettant de les
faire porter, par les suffrages du peuple,
au premier rang des décemvirs. Tout
fiers d'avoir gagné deux sénateurs dont
la nomination au consulat augmentait
encore le poids, les tribuns les intro-
duisirent dans une assemblée populaire
qu'ils avaient convoquée exprès pour
prendre des mesures contre les délais
affectés des consuls en exercice : après
qu'ils eurent fortement exposé quel
préjudice ces derniers portaient à la
liberté, Appius-Claudius monta à la tribune, et avec un air d'une affable dignité, et le ton d'un zèle vif et sage,
il prononça le discours suivant :

« Romains, un ressentiment filial
» pourrait peut-être m'engager à com-
» battre le dessein qui vous rassemble,

» mais la plus légère, la plus juste ven-
» geance serait un crime lorsqu'elle
» est opposée au salut public; je ne
» balance pas : oui, Romains, je suis
» persuadé que nos dissensions, en
» mettant deux partis dans la républi-
» que, l'ont frappé des plus funestes
» coups, et qu'il n'est désormais de
» prospérité pour elle qu'en voyant
» rallier tous ses enfans autour d'un
» corps de lois, faisceau indissoluble
» et sacré des lumières de la Grèce,
» de l'équité de nos antiques législa-
» teurs, et des saintes coutumes de la
» patrie; il faut donc en faire la pro-
» position au sénat : le moindre délai
» aurait des conséquences terribles,
» car il ne retarderait pas seulement
» un bien, mais il entraînerait après
» lui les haines, tous les maux, les
» défiances, germe fatal de nos divi-
» sions envenimées : ô mes conci-
» toyens! mes paroles ne protégeront
» pas uniquement ce civique projet,

» mes actions l'appuieront encore ; si
» ma promotion au consulat, et celle
» de mon collègue, pouvaient nuire
» à l'établissement des commissaires,
» nous serons prêts à sacrifier nos
» droits ; que dis-je, nous les déposons
» à l'instant même, avec autant d'ar-
» deur et de joie, que nous voudrions
» immoler nos vies pour l'union et la
» gloire de notre pays adoré ! ».

Le peuple, habitué au langage dur
et hautain de la famille Claudia, ac-
cueille la harangue d'Appius avec des
cris redoublés d'étonnement et d'allé-
gresse * : quelques patriciens, connais-
sant le caractère dominateur et superbe
de l'orateur, soupçonnent ses vues
astucieuses, et s'en entretiennent à
demi-voix. La plus saine partie des
plébéiens trompés, parce qu'ils sont
incapables d'être trompeurs, regardent
l'abdication d'Appius comme un chef-
d'œuvre de noblesse et de désintéres-
sement : Icilius était au nombre des

auditeurs; il partage les groupes, il
fend les flots de la multitude qui va,
vient, s'écrie; il ne voit, n'entend rien,
court, vole comme un coursier d'Elide,
arrive près de Virginie, occupée à filer:
il renverse ses fuseaux, ses laines, et la
prenant dans ses bras, chère épouse,
salut, s'écrie-t-il, Appius n'est plus
consul!.... Azamé lui demande des détails, il obéit avec précipitation: Azamé,
qui ne peut ni partager ni détruire son
ivresse, se tait. Virginius rentre alors:
Junius, entraînant Virginie aux pieds
de son père, le supplie de les unir.
Mon fils, répond celui-ci, d'un air
sombre, êtes-vous tellement aveuglé
par vos désirs, que vous jugiez Appius
sincère? Ne voyez-vous pas que cet
homme ambitieux et fourbe, qui, au
travers de mille voies détournées, se
dirige toujours vers le but de ses passions, renonce à l'autorité consulaire
qui allait bientôt lui échapper, pour
envahir celle du décemvirat, et exploi-

ter au profit de son orgueil cette mine
ouverte par le patriotisme ? ah! j'aurais
préféré cent fois que le peuple eût em-
piété audacieusement sur les droits du
sénat, que celui-ci l'eût réprimé avec
violence, plutôt que de les voir unis
par l'entremise de Claudius! On détourne un torrent fougueux, mais comment remédier à une source empoi-
sonnée ? — Mais, reprend Icilius, d'un
ton de défi, inspiré par le dépit et l'espérance, si l'événement ne répond
point à vos prédictions, si Appius n'est
point décemvir, vous me nommerez
votre gendre. — Oui, si.... — Préparez
donc le flambeau nuptial, le javelot,
la verveine. O ma Virginie! mon oncle, mes amis, excités par mes sollicitations, persuaderont si bien le peuple,
qu'il ne donnera aucun vote à Claudius;
ton amour, qui me fait tout entrepren-
dre, me fera aussi tout surmonter, et
je dompterai cet ennemi pour être ton
époux, comme j'ai vaincu les Fidé-

nates pour être ton amant! — Oui,
ma fille, reprit Azamé attendrie, les
immortels accorderont cette félicité à
tes vertus, à mes prières. Un secret
pressentiment m'agite; il me semble
entendre au fond du cœur, que par
toi, Appius recevra la punition de tous
ses crimes. — Puissiez-vous ne pas
trouver bientôt celle de votre erreur, reprit Virginius, avec un accent farouche!
vous osez regarder le destin de Rome
comme l'instrument d'une folle ardeur,
tremblez qu'elle ne soit jamais cou-
ronnée!.... — Eh quoi! mon père, dit
Icilius, n'est-il pas permis d'attacher
le bien particulier au bien général, et
n'avons-nous pas un moyen infaillible
de priver Appius, non-seulement du
décemvirat, mais encore de l'existence.
Faisons reparaître Vitellie: accusons son
ravisseur; qu'elle révèle tous ses forfaits,
dont le moindre mérite mille morts....
— J'y consens, dit vivement Azamé. —
Et moi je suis loin d'approuver ce projet,

3.   13

reprend Virginie, plus vivement encore;
les raisons qui ont empêché Vitellie
de se découvrir en quittant sa retraite,
subsistent avec plus de force, par la
popularité d'Appius. Icilius, je t'adore,
mais si les résultats de cette poursuite
étaient funestes à mon amie, ce ne serait plus chez mon père que tu trou-
verais de la résistance à tes vœux,
mais dans moi-même.... et une résistance éternelle !.... Azamé embrasse
Virginie, et conjure Septius de se
laisser fléchir. Non, lui répond-il, c'est
parce que ma fille se montre romaine,
que je maintiendrai mes sermens; elle
peut bien faire pour son pays ce qu'elle
ferait pour l'amitié.

Après le discours d'Appius, le peuple fut plus empressé que jamais à porter l'affaire au sénat. Ménénius, allé-
guant toujours ses souffrances, et s'appuyant sur les engagemens pris avec
son collègue, se flattait toujours d'arrêter leurs desseins *. Mais l'insidieux

Claudius promit à Sestius de diriger
sur lui le choix de la commune dans
l'élection des commissaires, et lui re-
présenta qu'un corps de dix patriciens,
présidés par des personnages consulaires, serait moins propice que préju-
diciable aux intérêts des plébéiens.
Sestius se laisse persuader, assemble
le sénat, et propose enfin la création des
décemvirs *. Les avis y sont partagés
et discutés avec véhémence : plusieurs
sénateurs regardent comme une innovation dangereuse tout changement
dans le gouvernement de l'État et
l'administration de la justice. Mais
Claudius soutient au contraire, dans
une éloquente opinion, qu'il est indispensable d'avoir des lois fixes et cons-
tantes, qui servent de règle pour chacun,
et que l'équité en était si évidente, que
lui, toujours si défavorable aux prétentions du tribunat *, oubliait les injures qu'il en avait reçues, et la fierté
héréditaire de son sang, pour soutenir
sa demande.

Appius s'était fait, en gagnant Sestius, un parti puissant parmi les pères
conscripts ; cette harangue, prononcée
avec la chaleur de la conviction et la
modération de la sagesse, acheva de
décider le plus grand nombre ; son avis
fut adopté, et on résolut de procéder
sur l'heure à la nomination des décemvirs ; mais les tribuns, toujours plus exi-
geans à mesure qu'on leur accordait davantage, voulurent que cinq plébéiens y
fussent admis. Les sénateurs se récrièrent
unanimement, et Claudius, saisissant
cette occasion de plaire au sénat, prend
rapidement la parole, et représente
que les nouveaux magistrats, succédant
aux consuls *, il serait inouï que des
gens, exclus par leur naissance des dignités curules et des auspices qui les
consacraient (13), fussent revêtus de
l'autorité souveraine. Les tribuns, qui
avaient compté sur l'appui d'Appius,
voyant qu'il partageait l'opposition
générale, craignirent de faire échouer

le décemvirat même, et retirèrent leur
requête. Alors on convint que les
commissaires jouiraient pendant un an
entier d'un pouvoir illimité; qu'il n'y
aurait aucun appel de leurs jugemens
et de leurs ordonnances * ; qu'on n'éli-
rait pendant ce temps ni consuls, ni
tribuns, et que toute autre magistrature
serait de même suspendue; qu'ils dresse-
raient un corps de lois tirées de celles
recueillies par les députés, et des
anciens usages de Rome; et que ce
code, communiqué aux deux ordres de
l'État, et sanctionné par leur double
consentement, réglerait à l'avenir tous
les différends publics et particuliers *.

En vain Icilius, ses parens et ses
amis sollicitaient, pressaient, conju-
raient nuit et jour les plébéiens d'exclure Appius; en vain ils rappelaient
son caractère arrogant et cruel, enve-
nimaient ses intentions, prédisaient
les effets de sa tyrannie : le peuple,
pour qui le présent est tout, le regar-

dait comme un ardent et généreux
protecteur, répondait qu'il s'était ac-
quis des droits incontestables à la nouvelle dignité, en résignant le consulat;
et dans l'assemblée solennelle des comices par centuries, tenue à quelque
temps de là, il le nomma au premier
tour d'une voix unanime, ainsi que Gé-
nucius. Si quelque chose eut pu être
encore affligeant pour Icilius, après un
tel choix *, c'eût été de voir tomber les
suffrages sur L. Sestius, Téturius, C. Ju-
lius et plusieurs autres, tous anciens
consulaires connus par l'âpreté de leur
zèle et leurs préjugés anti-populaires.
Confondant son ressentiment person-
nel dans l'attachement au bien natio-
nal, Junius déplorait avec énergie et
douleur, et le retard de son hymen,
et le chagrin de voir les Romains opprimés par la seule voie dont ils atten-
daient leur délivrance ; ceux-ci n'a-
percevaient point leurs dangers. Les
plébéiens espéraient tout de cet état de

choses, et se félicitaient de l'avoir conquis sur l'autre ordre. Le sénat, de son côté, se flattait d'avoir choisi les plus intrépides défenseurs de ses prérogatives ; mais il se trompait dans son espoir, comme Icilius dans ses craintes, car la plupart des décemvirs, pour parvenir à cet emploi, avaient pris de secrets engagemens avec les tribuns *.

~~~~~~~~~~~~~~~~~~~~~~~~~~~~~~~

CHAPITRE XXXV.

Efforts d'Azamé. Désespoir d'Icilia.

Dans ses fréquens entretiens avec
Virginie, l'impétueux Icilius se répandait en imprécations contre Appius,
en plaintes contre son tuteur, en malédictions sur sa destinée. Cher ami,
lui dit-elle un jour, avec un étonnement de patriotisme, d'innocence et
de tendresse, Rome a plus de sujet de
joie d'avoir obtenu le décemvirat, que
de motif d'inquiétude dans sa compo-
sition; au reste, en supposant que les
décemvirs osassent gouverner despoti-
quement, ce malheur ne serait que
passager, car ils seront renouvelés
l'an prochain, leur chef puni, ou du
moins écarté, et notre union se célé-
brera alors. Pourquoi donc te tour-

menter si vivement de ce délai? ne
jouissons-nous pas à chaque instant
du plaisir de nous voir, de nous parler,
de nous chérir, de nous le répéter sans
cesse?... Ah! ces biens précieux, que
j'ai si chèrement achetés, que je savoure avec tant de bonheur, te semble-
raient-ils insipides?... Icilius sourit, et
n'osa d'abord rien répondre à ce discours ingénu et touchant qui excitait
et captivait en même temps ses transports; mais de crainte, ou plutôt sous
le prétexte de ne pas laisser croire à
Virginie que son amour n'égalait pas
le sien, il saisit la main de son amante,
la presse sur ses lèvres, sur son cœur
palpitant. O ma bien-aimée, lui dit-il,
plus ces faveurs m'enivrent, plus mes
vœux s'élancent vers d'autres... penses-
tu que je puisse contempler tant de
beautés, sans brûler d'en jouir, écouter les accens de cette bouche char-
mante, sans désirer les recevoir dans
mille baisers?... penses-tu enfin, ajouta-

t-il d'une voix altérée et tremblante,
que, lorsque chaque soir je suis forcé
de te quitter, je ne souffre pas les tortures du dépit et de la rage?... — Icilius, répondit Virginie en détournant
son visage couvert d'une vive rougeur,
ce ne sont là que les accessoires; puis
voyant Icilius prêt à se récrier: il suffit,
ajouta-t-elle d'un ton ferme, je ne
veux plus rien entendre.

Cependant Junius devenait de jour
en jour soucieux, emporté, inégal;
ses discours entrecoupés, ses regards
étincelans, ses mouvemens brusques
et rapides, agitaient Virginie d'un trouble qu'elle éloignait avec force, dès
qu'il se faisait sentir, et qu'elle rap-
pelait involontairement, dès qu'il
commençait à se calmer. Déjà une inquiétude secrète, des désirs vagues,
une émotion pénible, succédaient dans
son âme à la douce et naïve joie, au
contentement intime d'une tendresse
naissante et mutuelle. Hélas! se répé-

lait-elle avec surprise et chagrin , l'a-
mour est-il donc incompatible avec le
repos du cœur?

Le temps s'écoulait : la politique
d'Appius lui prescrivait la modération,
et Azamé, presqu'aussi impatiente
qu'Icilius de le voir devenir l'époux
de Virginie, oublie tous ses ressentimens, et tente de fléchir Virginius.
_her et sage ami, lui dit-elle, les ans,
les succès, la volonté du destin auquel
rien ne peut résister, ont changé Claudius * : tu le vois, il semble n'être le
chef du décemvirat, que pour donner
l'exemple d'une égalité bienveillante
avec ses collègues, d'un dévouement
affectueux aux intérêts du peuple,
d'une application assidue à la confection
des lois ; son gouvernement n'est donc
point un fléau pour la patrie, et nos
enfans n'en doivent point gémir. Tu
sais si l'éloge d'Appius est suspect
dans ma bouche.... — Il l'est beaucoup,
reprit Virginius : ton amitié pour ma

fille te fait illusion et te dérobe tes
souvenirs : ne te souvient-il plus avec
quelle astuce, quelle cruauté, quelle
persévérance, le traître que tu oses
vanter, a combiné, conduit, développé
l'horrible complot qui t'a perdue? Il est
toujours le même, il sème pour recueillir ; il se montre juste pour opprimer,
modéré pour tout envahir, caressant
pour mieux déchirer; et ton discours, qui
jadis eut versé dans mon sein le poison
de la jalousie, y allume maintenant le
feu de l'indignation : quoi, tu peux
prononcer les louanges du monstre
qui t'a trahi, déshonorée? son supplice
n'est pas ton seul but, ton unique espoir?.... J'ignore le pouvoir de l'affection maternelle qui t'inspire cet effort;
pour moi, nulle considération, nul
sentiment ne pourra jamais affaiblir la
haine éternelle que je voue à mon ennemi ;.... haine profonde et terrible,
qu'enveniment encore et son triomphe,
et l'art hypocrite dont il captive insen-

siblement l'estime, l'attachement du peuple!.... Ah! si pour laver dans son sang les maux qu'il nous a faits, et ceux qu'il prépare à Rome, il fallait répandre le mien, je ne balancerais pas! — Septius, où t'emporte un transport farouche? quel rapport a l'hymen de ta fille avec le châtiment de Claudius? — Plus que tu ne penses : Icilius, que mes refus exaspèrent contre lui, inspirera sa fureur à ses nombreux amis, à son oncle Icilius, ancien tribun chéri des plébéïens : ainsi j'aiguise dès-lors les armes dont je prétends frapper l'exécrable décemvir... — Quoi, tu ne veux nommer Junius ton fils qu'à sa mort? — Non, mais je prolongerai l'attente de mon pupille jusqu'au point où le besoin de la vengeance fortement enraciné dans son âme, survivra au sentiment qui l'aura fait naître ; car, Azamé, il vient un temps où l'amour s'éteint, mais non l'inimitié qu'il a produit. — Ah! que dis-tu, s'écrie

Azamé, avec effroi? j'en juge par mon
cœur, on peut cesser de haïr, jamais
d'aimer!.... l'un est un état de violence,
de désordre et d'horreur ; l'autre est
la situation naturelle de la vie : la paix,
la douceur, la stabilité qui l'accom-
pagnent, en révèlent le sacré caractère:
ô mon ami! songe à quelle irritation
d'impatience expose un hymen différé!
quels dangers il entraîne après soi! rap-
pelle-toi que toutes nos calamités en
derivent!.... — Azamé, garde-toi de
mettre en parallèle les obstacles accu-
mulés par la perfidie d'un ennemi, et
les retards guidés par la tendresse d'un
père. — Tu sembles l'oublier cette
tendresse paternelle.... — Elle se montrera par une protection énergique,
éclairée, sévère même, et non pas par
une lâche condescendance, car c'est
ainsi qu'un romain doit aimer; et c'est
parce que je veux le bonheur de ma
fille, que je le recule pour l'affermir :
le courroux des dieux poursuit visible-

ment notre pays, puisqu'Appius le
gouverne, et j'attirerais tous les maux sur
l'hymen de mes enfans, en le concluant
sous les auspices de la tyrannie. Azamé
rougit, et se récrie vivement : elle a re-
trouvé toute la véhémence de Vitellie.
Comme un arbre long-temps courbé
par la main robuste de Milon (14), et
laissé tout-à-coup à lui-même, son caractère reprend son essor. Ainsi, dit-
elle, les passions et l'autorité inter-
prètent les volontés divines, et la haine
de l'arbitraire général engendre le
despotisme particulier.... je vous estime
trop, Virginius, pour douter de votre
bonne foi : vous ne pouvez imiter Appius ; cependant vous suivez ses pas :
proclamez donc maintenant la supériorité de votre sexe : préférez votre
tête à mon cœur, ou plutôt reconnaissez que l'intelligence de l'homme est
bornée, que la sensibilité de la femme
est infinie et doit prévaloir.... Virginius
sourit. Vitellie...: dit-il.—Eh bien!... re-

prit Azamé, qui pensait l'avoir persuadé.
—Eh bien, crois-moi, emploie l'intervalle d'ici à la déchéance d'Appius,
à instruire Virginie des devoirs im-
portans du mariage, dont, grâces à
l'ardeur erronée d'Icilius, à ta propre
imprudence, elle ne connaît que les
plaisirs.

Azamé, livrée de nouveau à son humeur naturelle, en suivit avec rapidité
le penchant : outrée de dépit, et brûlant de le faire partager, elle accourt
vers les jeunes amans; elle ne rencontre
que Virginie, à qui elle raconte précipitamment la conversation qu'elle
vient d'avoir avec son père. Virginie
se trouble, rougit et garde le silence :
Azamé la presse de répondre : ô ma seconde mère! dit alors l'aimable romaine, l'amour et l'amitié crient en
tumulte dans mon cœur, et cherchent
à étouffer la voix de la raison : ma faiblesse est si grande que je n'écouterais
qu'eux, si un autre que vous les eut

excitées; mais vos conseils m'ont si
souvent présenté le devoir, votre
exemple me l'a rendu si cher et si facile, que je ne puis obéir qu'à lui. La
modestie, la force et la délicatesse
avec lesquelles son élève vient de lui
donner une leçon, rappellent Azamé
à elle-même. Ma fille, lui dit-elle avec
une noble franchise, j'ai tort; l'apparence de ton intérêt m'égare: ton bien
réel est une entière et respectueuse
soumission envers ton père. — O ma
digne amie! reprit Virginie en lui bai-
sant les mains, je vous honore trop
pour déguiser ma pensée; oui, votre vivacité est une erreur, mais c'est l'erreur
d'une belle âme : un froid égoïste ne
pourrait jamais s'élever jusqu'à elle, et
ressentir cet élan de tendresse, qui, impérieux comme la nécessité, ne connaît
d'autre loi que son généreux besoin.

A la nouvelle de la promotion d'Appius au consulat, et de l'établissement
des décemvirs, Icilia tomba dans un

3. 14

sombre et profond chagrin : quoi-
qu'elle eût insulté à la peine, et resté
indifférente à la joie de Virginie, celle-
ci s'empressa de se rendre près d'elle
pour consoler cette subite douleur, qui
lui inspirait autant d'effroi que de pitié. Icilia, pâle, les yeux hagards, en
proie à une agitation convulsive, prononçait d'une voix altérée, des phrases
incohérentes, et se hâtait de les étouffer en portant la main sur ses lèvres :
en vain Virginie l'interrogeait avec l'a-
dresse, la douceur, la longanimité de
l'affection, elle n'en obtenait que des
négatifs, ou des mots dénués de sens.
— Vos regrets viennent-ils de ce que
Sempronius n'a point été nommé consul ?—Ah! plût aux dieux, s'écria Icilia
en se frappant le front... mais oui, c'est
cela. — Cette illustration, il est vrai,
ma chère, aurait peut-être ébranlé la
fermeté de Térentille ; mais elle n'aurait fait qu'ajouter à celle de mon père,
car il désirait passionnément la créa-

tion des commissaires pour la loi Térentia. —Hé quoi, le consentement de
l'un entraîne l'opposition de l'autre?
détestable destin, je supporterais mieux
encore ta cruauté que ta bizarrerie! —
Je le pense comme vous : ces terribles
variations, ces alternatives de crainte
et d'espérance, rendent inutile la force
de l'âme, en ne laissant aucune prise sur
le malheur; mais, chère Icilia, tel n'est
point votre sort; quelque soit la diffé-
rence d'opinion de votre tuteur plé-
béien et de votre mère patricienne, ils
se seraient réunis pour écarter Délius;
et vous-même, croyez-moi, mon amie,
éloignez-le de votre cœur, il n'en est
pas digne..... — Jamais! Sempronius
fut-il mille fois plus méchant, plus vil,
plus dépravé que la haine de ma famille ose le dire et peut l'imaginer, il
n'en sera pas moins mon époux. —
Qu'ai-je entendu? s'écrie Virginie avec
surprise et frayeur? vous pourriez chérir
le vice : c'est concevoir l'absurde, se pla-

cer dans l'impossible : l'amour ne naît
que d'admiration, et ne peut être nourri
que d'estime..... — Heureuse, mille fois
heureuse Virginie ! reprend Icilia avec
un sourire amer et déchirant. —
Hélas ! non, je ne suis point heureuse :
mon sort, sans être aussi pénible que le
vôtre, est bien loin d'être fortuné : Virginius a juré que mon hymen ne s'accom-
plirait point tant qu'Appius tiendrait le
timon de l'Etat, et s'il arrive, comme le
redoute Azamé, que ce fourbe décemvir parvienne à prolonger sa domina-
tion, il me faudra passer mes beaux
jours dans une douloureuse attente,
voir l'irritation de mon ami, toujours
appréhender de laisser échapper de
coupables murmures contre la décision
paternelle..... — Oui, s'écrie Icilia sans
l'écouter, et en se levant précipitamment, c'est trop consumer mon énergie à déplorer cette inique oppression,
il faut l'employer à la vaincre... — Que
prétendez-vous, ma sœur ? — M'af

franchir d'un joug accablant, surmonter une vaine honte, dompter un pa-
reil préjugé, en un mot contraindre mes
parens à m'accorder Sempronius : j'ai
bien le courage de former ce dessein,
j'aurai celui de l'accomplir.—Icilia, ce
courage que produit la fougue des passions est une véritable faiblesse : est-
on fort parce que l'on suit l'impétuosité d'un torrent? ah! plutôt c'est en
se roidissant contre son cœur, en lui
opposant les digues irrésistibles du devoir, de la raison..... — Virginie, vos
austères discours me font à la fois envie et pitié..... mais je ne peux, ni ne
veux les entendre; l'amour est mon
centre souverain, mon but unique,
ma fin suprême ; les noms pompeux d'amitié, d'honneur, de sagesse,
de religion, ne me paraissent plus
que des moyens que je rejeterais s'ils
ne pouvaient m'y conduire. — Dieux
immortels! s'écrie Virginie en tombant
prosternée, et portant ses mains sur

ses oreilles, préservez-moi de cet abominable égarement!..... ô chère et malheureuse amie, ajouta-t-elle en entou-
rant Icilia de ses bras comme pour la
garantir de l'erreur, je vous en supplie
à genoux, arrêtez quelques instans;
écoutez la voix de votre cœur, cette
voix du ciel : elle est étouffée maintenant; mais après votre faute, elle s'é-
lèvera menaçante, terrible, et ne vous
laissera ni trève, ni repos.....— O furies! dit Icilia dans le plus grand désordre , je l'éprouve bien.........—
La vertu t'ébranle, t'émeut, reprend
Virginie avec une noble joie, tu l'as
entendue, tu es persuadée..... Oh! ma
sœur, mon amie, achève, achève son
ouvrage....accomplis ton sacrifice tout
entier, renonce généreusement à toute
consolation même légère, à tout espoir
même éloigné ; à ces lettres, ces entrevues, ces souvenirs si chers et si
cruels.... Va, je le sais par moi-même,
les passions sont comme le labyrinthe

de Dédale; on n'en peut trouver l'issue
en errant avec timidité dans leurs nombreux détours : il faut des ailes pour en
sortir. — Que me dis-tu?...... — Mon
amitié t'aidera. — Veux-tu appuyer
mes sommations à ton père ? — Moi,
justes dieux, t'affermir dans ta révolte!.... — Et Azamé? — Elle m'inspira ces sentimens. — Icilius est plus
prévenu que jamais contre mon amant...
il ne me reste que ma volonté..... Eh
bien, elle suffira ; va, laisse-moi, con-
tinua-t-elle en repoussant Virginie.

~~~~~~

CHAPITRE XXXVI.

Nouvelles victoires d'Icilius.

TANDIS que la généreuse Virginie oubliait ses tendres inquiétudes pour consoler Icilia, Icilius charmait les siennes en combattant pour la patrie.

Les Lucériens, peuple belliqueux et féroce, dont le pillage est le principal moyen d'existence, menaçaient Rome de la famine. Retirés dans les bois et les défilés qui bordent les fertiles champs du Latium, ils guettaient les moissonneurs, et dès l'instant où ces hommes laborieux et paisibles entassaient les gerbes et regagnaient leurs pénates en chantant l'hymne de Cérès, les barbares fondaient sur eux, les dispersaient et ravissaient les moissons, souvent baignées, hélas! du sang des cultivateurs.

A la première annonce de ces attentats, les Romains mirent une armée en campagne : toutes les dissidences d'opinions s'évanouirent devant la nécessité. Le décemvir Géminus fut nommé général ; mais, appréciant la capacité et la valeur d'Icilius, il lui donna, avec le titre de son lieutenant, la conduite de cette expédition. Icilius fait avancer ses soldats la nuit, dans un profond silence ; il les dispose dans les vallées, il les cache dans les ravins et derrière les coteaux. Il place dans les champs les plus déterminés, déguisés en moissonneurs : lui-même revêt sur sa cuirasse la saye champêtre, pose son épée dans un sillon, puis, armé d'une faucille, il coupe les épis dorés. Bientôt les Lucériens, quittant leurs retraites, attaquent les prétendus moissonneurs, qui jettent des cris guerriers, saisissent leurs armes, et les chargent vi-

3.   15

goureusement. Les légions sortent de
toutes parts : on dirait que la terre
s'ouvre pour les produire. Les barbares,
surpris, accablés, tombent comme les
épis qu'ils enlevèrent ; ils fuyent per-
cés de mille coups, et la fuite ne fait
qu'avilir leur trépas. L'intrépide Icilius les poursuit, les atteint, les im-
mole ; ils vont tous succomber sous
l'effort de son bras ; mais un gros d'ennemis a demeuré sur la hauteur. Ils
voient le péril de leurs concitoyens :
ils descendent, cernent la plaine et se
préparent à prendre les Romains en
queue et en flanc. Non moins prudent
capitaine que vaillant soldat, Icilius a
vu leur mouvement ; et, malgré les
prières de son armée, les reproches des
décemvirs, et les railleries amères des
ennemis, il fait retirer ses troupes,
abandonnant les gerbes, les dépouilles
conquises, et ses nombreux prison-
niers. Les Lucériens s'en emparent :
dès qu'Icilius les voit embarrassés des

blés et du butin qu'ils entraînent, dès qu'il voit leurs rangs rompus par ces hommes désarmés qu'ils ramènent, il fait volte-face, revient sur eux avec la rapidité de l'éclair, les écrase avec la fureur de la foudre, et jonche de leurs membres épars les sillons qu'ils ont ravagés.

Mais les ennemis sont défaits sans être abattus, et la guerre, loin d'être terminée, est commencée à peine. Le lendemain, dès l'aurore, le vainqueur se dispose à poursuivre sa victoire, lorsqu'un héraut lucérien, portant un caducée et une branche d'olivier, symboles touchans et sacrés de la paix, s'avance et tient le discours suivant à Géminus :

« Chef des fils de Rome, ce n'est point une supplication que je t'adresse, mais un conseil : tu ne saurais nous juger vaincus ; un premier revers enfante souvent un dernier triomphe, et c'est pour ton intérêt comme pour celui de la nation lucérienne, que je viens t'apporter la concorde. La guerre n'est jamais plus meurtrière et plus funeste, que lorsqu'elle est allumée entre des ennemis égaux en forces, en adresse, en courage ; alors, nulle bataille n'est décisive, nulle défaite assurée, nulle victoire profitable. La campagne traîne en longueur ; la parque seule s'enrichit, et le vainqueur est épuisé comme le vaincu.

Pour prévenir cette fatale destinée, le vaillant Odherbal, frère de notre illustre potentat, te fait proposer, ô sage décemvir, de terminer la guerre par un combat singulier. Qu'un de tes soldats combatte contre lui, sur le roc en saillie qui s'avance entre les deux camps, au-dessus de cet abîme. Attachons à ces guerriers le sort des deux armées, et rapportons-nous-en au sort, maître commun des hommes et des dieux. » Il dit, et s'incline.

Messager de paix, répond Géminus,

j'honore ton caractère, mais je rejette tes paroles : comment oses-tu me proposer de remettre au hasard d'un combat particulier une victoire dont me répondent mes succès et la valeur romaine ? Et quel combat encore ? Sur cet affreux rocher les combattans ne pourront se servir ni de leurs armes, ni de leur courage ; ils rouleront ensemble dans ce gouffre, le combat demeurera incertain, et n'aura d'autre fruit que la mort de deux braves. Au reste, quel homme voudrait s'exposer à un tel péril ? — Ce sera moi, reprit Icilius. — Que faites-vous, ô ciel, s'écrient les troupes avec effroi ? — Je sers Rome, je préviens l'effusion du sang, j'unis la gloire à l'humanité. Ce roc est formidable ; mais quelque soit le terrain de la bataille, n'y cueille-t-on pas des lauriers ? quelqu'en soit le lieu, n'y combat-on pas pour la patrie ?

Oppius, ami particulier d'Appius, regardant avec un œil jaloux les exploits

d'Icilius, persuade au décemvir d'ob-
tempérer à sa demande. Icilius se revêt
de ses armes éclatantes, ornées de lau-
rier et de roses, s'élance sur la roche,
mesure sans frayeur le gouffre horrible sur lequel elle est suspendue, et
attend l'ennemi de pied ferme. Celui-
ci s'avance; sa figure est hideuse et sa
taille gigantesque; sa cuirasse, d'un fer
trempé trois fois dans l'onde amère,
est traversée par une large ceinture
couleur de feu. Sous un triple panache
noir, on voit s'élever sur son casque
le crâne du dernier ennemi qu'il a
vaincu; sa lance est teinte de sang, sa
barbe énorme se hérisse sur sa poitrine.
Surpris d'être prévenu, Odherbal con-
sidère un instant Icilius avec un air
dédaigneux et farouche. — Jeune
homme, lui dit-il, voici donc le tombeau que tu as choisi...... — Pour t'y
précipiter, réplique le fils de Térentille, en lui portant sa lance au cœur;
mais le barbare prévient le coup; leurs

lancés se joignent, se croisent, sans
pouvoir se frayer un passage ; mille
éclairs en jaillissent, et se perdent dans
les nuages. Leurs corps demeurent sans
mouvement, et leurs bras s'agitent avec
une effrayante rapidité. Telles deux ca-
tapultes immobiles, vomissent des nues
de traits et de matières embrâsées.

Leurs lances sont émoussées ; ils les
jettent de concert. Icilius prend son
épée, dont la poignée est embellie des
chastes bandelettes de Virginie ; le lucérien tire son énorme cimeterre, que
surmonte une chevelure sanglante.
Une heure s'est écoulée ; les deux armées, environnant le roc, considèrent
le combat avec un mélange d'effroi,
d'espoir, d'inquiétude et d'admiration.
Icilius, impatient de vaincre, frappe son
ennemi à l'endroit où l'aisselle joint le
côté au bras ; le sang coule. Odherbal
sourit avec ironie et fureur. Enfant dé-
bile et téméraire, dit-il, je t'attendais là ;
ce fer va te donner la mort. A ces

mots, il lui donne sur l'épaule un coup
terrible du revers de son cimeterre; les
Romains poussent un cri perçant......
Mais Icilius, pour esquiver le coup,
plie un genou, s'appuie sur une main,
et de l'autre enfonce jusqu'à la garde
son épée dans le flanc d'Odherbal,
qui se penchait pour le précipiter.
Le barbare tombe, se débat, et roule
inondé de sang dans l'abîme, dont les
profondeurs répètent le fracas de ses
armes, et ses affreux rugissemens.

Les légions romaines courent vers le
jeune vainqueur en frappant sur leurs
boucliers, en lui présentant des rameaux, dont ils dépouillent en hâte la
contrée. Les Lucériens se confessent
vaincus. Géminus honore Icilius de la
couronne, et le presse d'exprimer un
vœu, lui promettant de l'exaucer, quel
qu'il puisse être. Seigneur, dit l'amant
de Virginie, puisque vous le voulez
ainsi, et que la campagne est terminée, accordez-moi la faveur d'aller me

montrer à Virginie avec cette couronne fraîchement cueillie.

Le décemvir y consent, Icilius part,
devance l'armée et savoure la douceur
d'offrir les trophées de la gloire à l'a-
mour.

———

CHAPITRE XXXVII.

Mariage d'Icilia. Retour d'Icilius.
Naissance de Sempronia.

Durant huit jours entiers, Icilia
épuisa auprès de sa mère et de son tuteur, tout ce que l'éloquence a de plus
entraînant, la prière de plus persuasif,
l'audace de plus impétueux, la persévérance de plus opiniâtre, le désespoir
de plus terrible ; elle pleure, tremble,
s'évanouit à leurs pieds ; tout fut inutile : ils se montrèrent inexorables. Un
aveugle ne doit point conjurer ses
guides de le conduire dans un abîme,
répondait Virginius. Un non ferme et
réitéré était l'unique réponse de Térentille. On tolère l'inflexibilité dans un
homme, c'est une conséquence outrée
de son caractère, car il est né pour

connaître et commander; mais on en
est révolté chez une femme : c'est un
renversement de son être, elle est formée pour chérir et céder. Aussi dans
toute la famille la sévérité de Septius
excitait le respect, et celle de Térentille le murmure.

Virginie veillait nuit et jour auprès
de la déplorable Icilia. Elle s'efforçait
de l'éclairer par ses conseils, de la
calmer par ses soins, de la consoler
par ses caresses; mais Icilia gardait le
silence de l'obstination, la repoussait
rudement, ou lui répondait avec une
amère ironie; et lorsqu'enfin elle prê-
tait l'oreille à ses sages et tendres discours, elle tombait dans des regrets,
une agitation, un désespoir effrayans.

Virginie n'en était pas moins assidue
à se rendre au poste de la compassion
et de l'amitié. Un soir que venant de
s'arracher à un doux et amoureux entretien avec Icilius, elle se hâtait d'y
accourir, elle voit Icilia qui, à genoux

devant sa mère, ne la priait plus que
par des frémissemens et des sanglots.
Azamé, unissant ses larmes à celles
d'Icilia, conjurait à mains jointes Térentille de se laisser fléchir. Au nom de
votre époux, lui disait-elle. — C'est au
nom d'Icilius même, répondait Térentille, que ma fille n'épousera qu'un
héros comme son père. Je ne nommerai pas mon fils un homme lâche
dans la guerre et corrompu dans la
paix. Tout-à-coup Icilia se relève précipitamment, et dans le plus grand
trouble : Femme impitoyable, s'écrie-
t-elle, vous le voulez donc.... vous me
forcez à un crime..... eh bien, soyez
deux fois couverte de votre sang!...alors
pâle, égarée, elle saisit un couteau, s'en
frappe.... Virginie s'élance, se jette sur
l'arme, qui, grâces à sa rapidité, déchire seulement la robe de sa malheureuse amie ; elle reste accablée dans ses
bras. — O mère d'Icilia, dit Virginie,
en mettant une main sur le cœur de la

mère, tandis que de l'autre elle soutient la fille, ô Térentille, par ce cœur
maternel, ayez pitié de votre enfant!
moi-même j'ai été opposée à ses vœux,
mais peut-elle vouloir son malheur en
désirant un époux méprisable? elle ne
le voit pas ainsi.... Sage veuve d'Icilius,
ne la désespérez pas par un refus absolu ; fixez un délai à votre consentement : il suffira pour désabuser ou son
amour, ou votre aversion ; qu'une de-
mi-année.... — Non, non, interrompt
Icilia ; ou maintenant, ou jamais.... —
Eh bien, jamais, reprend froidement
Térentille. — Il le faut donc, s'écrie
Icilia, éperdue, désespérée, dans une
angoisse mille fois plus horrible que
lorsqu'elle saisit le couteau!.. Avec un
mouvement convulsif elle s'approche
de l'oreille de sa mère, prononce quelques mots inintelligibles, recule impé-
tueusement, tire ses tablettes, y trace
quelques lignes, les présente à Térentille, et tombant prosternée, elle cache

son visage bouleversé dans la poussière et sous ses cheveux épars.

Térentille lit, et semble atteinte de la foudre ; un frisson mortel l'agite, tout son corps se roidit, ses dents craquent avec un bruit sourd ; elle chancelle et se penche sur le sein d'A-zamé, en disant d'une voix éteinte : O Vitellie ! quand je te rencontrai aux roches, qui m'eut dit qu'un jour j'envierais ton abominable destin!.....

Mais bientôt la digne romaine revient à elle, fait signe à Azamé et à sa pupille de se retirer, adresse quelques paroles à Icilia, puis se rendant vers Virginius : Tuteur de ma fille, lui dit-elle, je viens vous demander de conclure son hymen avec Délius-Sempronius ; mais au nom des dieux, au nom des mânes de votre ami, et de la couronne civique qu'il a conquise en vous sauvant, n'exigez point que je vous en donne la raison.

Ne devinant que trop le sujet de la

rière de Térentille, Virginius respecte
a douleur, et consent avec une som-
re indignation. A cet instant Icilius
evient de l'armée : il fléchit le genou
levant sa mère, lui présente sa couronne, et confirme les détails de sa
ictoire, qu'avait déjà semés la renom-
mée, et qu'on croyait grossis par elle.
Quel contraste, dit Térentille, en soupirant : hélas! tant de gloire suffit-elle
pour compenser.... — Quoi, madame?
expliquez-vous, que voulez-vous dire?—
Rien, oh, rien!.... Ne me questionne pas.

Les réticences chagrines de Térentille, le surprenant hymen d'Icilia,
élevèrent dans l'esprit de Junius de
violens et terribles soupçons, mais il
n'eut pas le loisir de s'y livrer : les
conseils de l'espérance, qui lui mon-
traient son tuteur fléchissant pour lui
comme pour sa sœur, l'enivrement de
la gloire, les félicitations du sénat, du
peuple et de l'armée, les honneurs
dont on le comblait, les caresses de

Virginius, et plus encore les tendre
entretiens de Virginie, ne permettaien
aucun mélange à sa joie. Souvent dou
cement appuyée sur le bras invincibl
du guerrier, la vierge pressait alterna
tivement la couronne sur son cœur
et la remettait sur le noble front d'Ic
lius. Elle lui faisait répéter sans cesse le
circonstances de son combat ; elle sou
riait à son martial enthousiasme, fris
sonnait au récit de ses dangers, et lu
disait avec un regard enchanteur :
mon ami, tu exposais deux vies contr
le barbare !

Quelques jours après, le mariag
d'Icilia et de Sempronius eut lieu ; mai
Térentille ne voulut jamais y assister
en vain Azamé lui répéta que sa pré
sence était une suite nécessaire de so
consentement, que l'on en pourrait tire
des inductions flétrissantes, que c'étai
à elle à séparer la chevelure de la nou
velle épouse, avec la pique hasta celi
baris (15), à la couronner de verveine

à la revêtir du voile et de la robe flot-
tante de Tanaquil, à la ceindre de
laine ; que selon l'antique et auguste
usage, Icilia devait être enlevée des
bras de sa mère, afin de ne pas paraître
aller d'elle-même dans ceux de son
époux : rien ne put ébranler la résolution de Térentille. Vous lui rendrez
tous ces offices, dit-elle à Azamé, en
poussant un profond soupir ; et se re-
vêtant d'une stole de deuil, elle court
se renfermer à la villa du tombeau tout
le temps des fêtes de l'hyménée.

Si Sempronius n'eut pas été déjà un
objet d'antipathie et de dédain pour
toute la famille, il le serait devenu dans
cette occasion où il entrait dans son
sein, en déployant un raffinement de
luxe, une mollesse digne des barbares de
l'Asie. Sous sa tunique laticlave, fixée
par une ceinture à demi serrée, une ef-
féminée chirodata (16) se déroulait sur
ses pieds qu'il avançait avec affectation,
pour montrer, par le croissant de sa

3.   16

chaussure, qu'il était patricien. Le fro-
ment du sacrifice nuptial était doré, la
victime couverte de riches festons et
de bandelettes de pourpre. Lorsque le
soir Icilia fut conduite à la demeure
conjugale, les paranymphes qui l'accom-
pagnaient, portaient, les uns les tor-
ches de pin dans des conques d'albâ-
tre, les autres devidaient la laine, indice
des travaux de l'épouse, sur une que-
nouille et un fuseau de bois odorifé-
rant, ciselés avec un goût exquis ; le cu-
méra d'or et d'ivoire renfermait des
hochets de même matière pour l'enfant qui devait naître ; la porte de la
maison de l'époux était ornée de
tapisseries représentant les sites en-
chanteurs de Cythère, et les bandes de
laine frottées de graisse de loup, pour
éloigner tout maléfice, disparaissaient
sous des draperies de pourpre et des
nuages de parfums.

La même somptuosité présida au
festin : le triclinium était semé de fleurs;

des mets recherchés, inconnus à ces
temps de tempérance et de frugalité,
couvraient de riches tables, et s'éle-
vaient parmi des gerbes de verveine et
des pyramides de gâteaux pétris de
miel. Une foule d'esclaves faisait pétiller
le vin dans des coupes où les roses
peintes sur les bords, se confondaient
avec celles dont elles était entourées ;
des chœurs de musiciens, chantaient
Talasion et l'Hyménée, en s'accompa-
gnant sur les lyres mélodieuses, et des
troupes de mimes et de danseurs rem-
plissaient les intermèdes par leurs in-
génieux exercices.

Cependant une morne et sombre
contrainte régnait dans ce nuptial et
splendide banquet : Virginius regardait
ce luxe, si éloigné de la simplicité romaine, avec courroux et mépris ; Sempronius avait une physionomie altière
et glacée ; Icilius contenait à peine son
ardent dépit ; Icilia, livrée à une douloureuse confusion, cachait son visage

baigné de pleurs, dans ses coussins de pourpre; et Azamé, surprise et inquiète, interrogeant des yeux chaque convive, voyait sur tous les fronts couronnés de fleurs, l'ennui, l'embarras et la tristesse : en vain elle s'efforçait de rappeler le joyeux sujet du festin : ni les jeux de la table, ni les ris de la folie, ni les félicitations de l'amitié ne s'y firent entendre.

Virginie ne pouvait revenir de son étonnement en considérant le chagrin d'Icilia : eh! quoi, se disait-elle, la possession du bonheur en détruirait-elle le charme ? — Comment ce bien qu'Icilia a poursuivi avec tant de véhémence, malgré mon attachement, la raison, le devoir, lui est-il insipide et même pénible? insensée! que dis-je, ma question ne se résolve-t-elle pas par elle-même?

Trois mois s'étaient écoulés, et les fêtes de Janus ramenaient la nouvelle année 303 : la mélancolie d'Icilia crois-

sait de jour en jour : cependant tout répondait à ses désirs ; grâces aux soins
d'Azamé, aux pressantes sollicitations
de Virginie, sa mère, son tuteur, et
son frère vivaient avec elle en bonne
intelligence ; son mari lui témoignait
une vive tendresse ; la famille Sempronia, qui trouvait dans l'alliance de la
petite-fille du flamine Térentillus, de
quoi satisfaire son orgueil, et dans celle
d'Icilius, dont le sang était si cher aux
plébéïens, une protection contre l'a-
nimadversion du peuple , la traitait
avec les égards les plus gracieux : l'o-
pulence embellissait pour elle tous
les besoins de la vie ; sa beauté, son esprit, son rang, l'héroïque mémoire de
son père, la réputation intacte de Térentille , la faisaient rechercher par
tout ce que Rome avait de plus honorable : les dieux bénissaient son union ;
déjà les marques de la fécondité s'annonçaient soutenues de la santé la plus
brillante, et Icilia, sombre et solitaire,
se noyait dans les larmes.

Elle ne cherchait d'autres distractions que dans les exercices religieux,
que jusqu'à ce jour elle avait totale-
ment négligés. Au mois de février sur-
tout elle suivit non-seulement avec une
fervente assiduité les cérémonies publiques qui le remplissent, la solennité
de la déesse Carmenta, les fêtes Juventalia et Terminalia (17), la bizarre et
impure procession des Lupercales (18),
les rits expiatoires de Februalia pour
la purification de la ville, mais encore
elle offrit chez elle de fréquens sacrifices; elle choisit les victimes, prépara
elle-même les vases des libations, le
bois du bûcher, et fit tant qu'elle se
blessa, et accoucha aux calendes de
mars; mais en faveur de son pieux
motif sans doute, Lucine préserva cet
accident des fâcheuses conséquences
qu'il devait entraîner. L'enfantement
fut parfaitement heureux, et l'enfant
aussi robuste que si le terme eût été
fixé par la nature. Ce fut une fille;

Icilia la nourrit, et la nomma Sempronia. Mais le bonheur d'être mère pour
la première fois, la joie d'allaiter son
enfant, de retrouver en lui les traits
d'un époux adoré, loin de la consoler,
semblèrent encore ajouter à son vif et
secret tourment.

Pour le coup Virginie devint incapable de se taire ; l'ardeur de son inquiétude et de son zèle vainquit la dé-
licate réserve qui l'avait retenue
jusqu'alors. O vous que les plus chers
liens me font nommer ma sœur, mon
Icilia, lui dit-elle en la pressant tendrement dans ses bras, je vous en conjure,
au nom de votre mère, de votre époux,
de votre fille, découvrez-moi le chagrin qui vous oppresse, supporté à
deux le poids sera léger, et nos recherches réunies trouveront sans doute du
soulagement. Icilia répondit par un
signe négatif et des sanglots répétés.
Essayez, essayez au moins, continue
Virginie : que risquez-vous à vous

confier à l'amitié? vous en avez tout
à espérer et rien à craindre...... — Éh
bien, apprenez.... non jamais.... je ne le
puis!... — Une tranchée légère près
d'une masse d'eau qui submerge toute
une contrée, en fait bientôt un ruis-
seau agréable qui porte au loin la fer-
tilité. Icilia, permettez que de même,
je détourne cet étrange et terrible
mystère, en vous adressant diverses
questions; si je devine, vous vous jete-
rez sur mon cœur. Un voile de pourpre semble couvrir le visage d'Icilia. J'y
consens , répond-elle dans le plus
grand trouble. Virginie, toute entière
à rechercher la cause, n'en remarque
point les effets. Après quelques momens de silence, serait-ce, dit-elle, que
votre fortune (et plut aux dieux que ce
le fût, je commence par les moindres
adversités,) est endommagée par le
luxe des habitudes de Sempronius ? —
Non; après la confiscation des biens
immenses de mon mari par les tribuns,

les sénateurs lui en rendirent bien davantage, ce qui, joint à la portion du
riche héritage de Térentille, nous met
dans une haute et solide opulence. —
Vos nouveaux parens vous auraient-ils
froissée par une dédaigneuse froideur?
— Leur affabilité ne pèche que par
excès. — Ne trouvez-vous pas un
équitable jugement dans ce que vous
regardiez comme une farouche prévention? Sempronius serait-il, ainsi
qu'on l'a répandu, impérieux dans ses
manières, égoïste dans ses sentimens,
corrompu dans ses mœurs?... pardonnez, je fais des suppositions. — Sempronius me rend justice, et...... —
Qu'est-ce donc, ô dieux! vous repen-
tiriez-vous des moyens que vous avez
employés pour forcer le consentement
de Térentille? A ces mots, Icilia frissonne, s'entoure de ses voiles, cache
sa figure dans ses mains, s'enfonce
dans le lin de l'atrium. Que ne puis-je
me cacher dans la tombe, s'écrie-t-elle;

3.   17

va, laissé-moi, Virginie, tu retournes le fer dans ma plaie, et tu ne pourras l'arracher. Imite Azamé, ma mère; elles voient ma douleur sans m'interroger, sans m'offrir aucune consolation, et cependant je leur suis chère: elles pressentent bien que la mort est mon unique guérison.

Les frémissemens, les pleurs, le désordre d'Icilia, ne permirent pas à Virginie de lui désobéir : elle se tut, mais elle parla aux immortels. Étrangère à l'égoïsme comme au ressentiment, la noble amante d'Icilius avait, depuis le départ de sa rivale, élevé dans le bosquet de sa naissance, un autel à l'amitié : des touffes d'immortelles et de pensées, y formant une chaîne, embrassaient le touchant et simple monument : chaque jour, Virginie arrosait ces fleurs d'un lait pur comme ses vœux, d'un miel doux comme ses sentimens. Elle se serait crue coupable de demander au ciel sa félicité, sans implorer le repos de Numitorine; Icilia, désormais, fut jointe à toutes ses prières, et bien souvent des larmes compâtissantes se mêlèrent à ses libations.

———

CHAPITRE XXXVIII.

Fiançailles d'Icilius et de Virginie.
Scène du bosquet.

Le vif intérêt que Virginie prenait à ses deux ingrates amies, était d'autant plus généreux, que le moment qui devait décider de son sort s'approchait, et s'approchait escorté par l'espérance. Le mois précédent, les décemvirs ayant achevé de réunir les lois éparses, en formèrent dix tables, réglant le droit religieux, le droit civil *, et toutes les transactions particulières : on afficha ces tables dans le Forum, afin que chacun pût les lire, y réfléchir, et porter ses objections à leurs auteurs, avant qu'elles eussent le caractère sacré de loi : on les porta ensuite à l'assemblée du sénat, où elles furent examinées et reçues à la pluralité des voix ; on arrêta de même, par un sénatus-consulte, que l'on convoquerait incessamment les comices des centuries, pour les faire sanctionner par tous les citoyens.

Le jour de cette auguste et patriotique cérémonie étant arrivé, on jonche le sol de feuillages, on l'arrose du sang des holocaustes, on prend solennellement les auspices : l'armée, le sénat, les collèges sacrés, le peuple entier, sont réunis au Champ-de-Mars. Les décemvirs, modestement précédés de leurs douze licteurs, s'avancent portant les tables des lois : Appius-Claudius est à leur tête, il monte à la tribune aux harangues : et d'un ton de modération, de douceur et de dignité, il prononce le discours suivant :

« ROMAINS,

La capacité de notre esprit, la rectitude de notre conscience, les pensées

continuelles de nos veilles , nous avons
tout mis en œuvre pour renouveler la
liberté, pour établir cette égalité de
droit et de fait, premier principe de
civisme, qui distingue seul le gouvernement républicain de la tyrannie :
nous croyons y être parvenus, mais
l'ardeur de nos désirs nous porte à nous
défier de nos lumières ; déjà nos travaux, exposés à tous les yeux, ont mérité l'approbation du sénat et du peuple, déjà la voix des dieux s'est fait
entendre par les réponses des oracles
et les jugemens des philophes (19). Ces
lois, aussi puissantes que nos armes,
doivent concourir à nous soumettre
l'univers, à nous maîtriser nous-mêmes :
comme le soleil, elles feront le tour
du monde, éclaireront les nations les
plus barbares, et retournant au lieu
de leur naissance, elles seront le palla-
dium de notre force, de notre indissoluble union, et le gage de nos victoires.
Mais pour les rendre toutes patriotiques,

pour les rendre dignes de leur univer-
selle et sublime destination, il faut que
ces lois soient moins approuvées que
formées par le concours de Rome entière. Rassemblez-vous donc, ô citoyens, autour de ces tables augustes:
changez, ajoutez, retranchez à notre
ouvrage : vos magistrats législateurs
renoncent à toute gloire personnelle,
pour le salut de leur pays.... ils n'en
trouvent que par lui, ils n'en veulent
que pour lui, comme ils attachent à
cet unique but leur bonheur et leur
existence *. »

Ce noble discours fut suivi d'accla-
mations unanimes, et, au milieu d'elles,
les dix tables de lois furent adoptées.
Dans l'ivresse de leur joie, quelques
plébéiens proposèrent d'éterniser le
décemvirat, d'autres remarquant plusieurs articles omis, dont on pourrait
encore faire deux tables ; il s'ensuivit
que l'on se disposa à élire encore des
décemvirs pour l'année suivante. Le

sénat et le peuple épousèrent ce projet
avec transport * : le premier, pour écarter à tout prix la puissance tribunitienne qu'il abhorrait ; le second, pour
se délivrer de l'autorité consulaire qu'il
détestait à l'égal de la royauté.

L'assemblée décida sur - le - champ
que les comices, pour le renouvelle-
ment du décemvirat, auraient lieu le
15 d'avril ; dès-lors tout s'agita parmi
les pères conscripts *. Ceux qui s'étaient
le plus vivement opposés à l'établissement de cette magistrature, la briguè-
rent alors avec empressement ; les ambitieux qui voulaient gouverner l'Etat,
n'importe sous quels noms, et les vrais
républicains, pour en exclure les can-
didats dont les desseins leur paraissaient suspects. Appius seul affecta de
n'y point prétendre ; il agissait avec une
sorte de nonchalance, sortait rarement
de chez lui, et répétait en toute occasion, aux sénateurs, aux plébéiens,
à ses collégues, que les décemvirs ayant

rempli leurs devoirs par des travaux
assidus, les soins, les recherches pénibles d'une année entière, il était bien
juste qu'ils jouissent dans le repos de
la reconnaissance de leurs concitoyens *.

Mais ses liaisons intimes et publiques
avec les chefs du peuple, les héros du
tribunat, Duillius, Oppius, Pétilius,
la modestie, l'affabilité, si opposées
à son caractère et au naturel hautain
de la maison Claudia, sa popularité,
poussée jusqu'à la bassesse, ses astu-
cieux discours, ses secrètes manœuvres, inquiétèrent ses rivaux, et éveil-
lèrent les soupçons de ses collégues;
ces derniers donc, sous prétexte d'honorer leur chef, mais en effet, pour
assurer son exclusion, le nommèrent
directeur de l'élection prochaine, car
l'usage étant que celui qui présidait
l'assemblée nommât les aspirans, les
décemvirs se flattèrent qu'après sa déclaration réitérée de se retirer des af-

faires, Appius n'oserait pas se mettre parmi les concurrens.

Dans cet état de choses, le remplacement de Claudius paraissait si rapproché et si certain, que Virginius, cédant enfin aux instances de sa famille, consentit à préparer l'hymen de sa fille et de son pupille, par la cérémonie sponsalia. Aux calendes d'avril, époque où les dames romaines, purifiées par des lustrations et couronnées de myrte, offrent leurs hommages à Vénus, les jeunes amans échangèrent les gages d'une foi donnée et reçue dès long-temps : des réunions de parens et d'amis, un joyeux banquet, des combats de danse et de chant, embellirent cette heureuse journée, ou plutôt cette journée leur prêta son charme touchant.

Pénétrée d'une émotion profonde et pure, Virginie considérait le noble contentement de son père, la grave approbation de Térentille, la pétulante

tisfaction d'Azamé, l'ivresse de Ju-
ius, et se disait avec tendresse et fierté :
'ai mérité l'excès de mon bonheur. A
 fin du jour, après la cène, les lyres
t les flûtes se mêlèrent à de brillantes
oix ; tous les conviés y portèrent une
xtrême attention. Icilius alors s'ap-
rocha de sa fiancée : Chère amante,
ui dit-il à voix basse, un vif désir m'a-
ite ; que je serais heureux si tu vou-
ais le satisfaire. — Peut-être j'y ré-
onds sans le connaître, reprit Virginie
vec un gracieux sourire, car tu sais que
os âmes sont à l'unisson. — Eh bien,
e voudrais que nous allassions saluer le
bosquet consacré à ton génie, ce lieu
ù le souvenir de ta naissance rappelle
toutes les faveurs que me destinaient
les dieux, ce lieu où ton généreux sacrifice prépara les joies de ce jour adoré..... — Bien-aimé, je songeais à l'instant même combien il serait doux de
quitter ces lieux tumultueux pour entendre son cœur..... — Allons donc, re-

prit l'impatient Icilius, en saisissant
main de son amie; et tous deux s'ach
minent vers le bosquet.

Une grande quantité de figuiers,
hêtres, d'oliviers, de lauriers-rose.
symboles de l'aménité, de la force, de
paix, de la douce gloire, plantés cor
fusément, confondaient dans un p
quant désordre leurs branches d'in
gales grandeurs : là, ces rameaux dive
rampaient sur le gazon, là ils s'élevaie
en arcades autour des statues de l'Am
tié, et du dieu protecteur de Virginie
tantôt ils formaient une voûte épaiss
de feuilles et de fleurs, impénétrabl
aux rayons du soleil, plus loin ils lais
saient découvrir un horizon immens
et varié. L'aimable couple pénètre dan
le bosquet en écartant les rameaux en
trelacés qui, reprenant leur pente na
turelle, l'enferment dans ce réduit en
chanté et mystérieux : à cette vue, u
trouble excessif et soudain saisit Ici
lius; son innocente amie le remarque,

..is sans en soupçonner la cause. Ne
..nses-tu pas combien nous étions loin
.. bonheur lorsque nous nous rencor-
..mes ici, lui dit-elle?..... — Je pense
..ins au souvenir qu'à l'espérance, re-
..it Icilius avec une émotion toujours
..issante... ah! ma Virginie, que j'étais
..essé de t'entretenir seule! que j'ai de
..oses à te dire, à t'apprendre, à te
..mander!..... que de sentimens m'ani-
..ent, que de transports m'agitent!...
.. quoi, tu ne me réponds rien?.....—
..a parlant ainsi, Junius entourait de
..s bras la taille de Virginie.—Ami, re-
..it-elle, avec un tendre et paisible
..urire, ne lis-tu pas ma réponse dans
..s battemens de mon cœur? — Ah!
..nsulte ceux du mien, s'écrie Icilius,
.. portant sur son cœur les mains
.. Virginie. — Il n'est pas nécessaire;
..isque je les vois, dit-elle, en se reti-
..nt avec une craintive timidité, que lui
..spirent involontairement les regards
.. feu et la voix frémissante d'Icilius.

Tu les vois, répète celui-ci, mais l
comprends-tu bien? devines-tu cet
puissance d'amour qui les produit, c
élans embrâsés, cet impérieux beso
d'une intime union?..... ah! si tu ne l
devines pas, je n'ai plus qu'à mourir!
— Surprise, interdite, enivrée, Vi
ginie ressent les dangereuses atteint
d'une flamme que la chasteté de sa ten
dresse ne lui avait jamais laissé entre
voir: elle ne répond que par sa rougeu
et ses larmes. Le demi jour, la solitud
le voluptueux désordre de ce bosquet
avaient séduit Icilius: le silence de so
amie achève de l'égarer..... il se préci
pite, l'embrasse, la serre étroitemen
sur son sein..... à ses baisers amoureu
succèdent des baisers plus brûlans en
core..... ô bonheur! ô péril! un momen
encore, et Virginie va perdre l'hon
neur!

Au milieu des transports d'Icilius
des siens peut-être, cette pensée se pré
sente à la jeune romaine: elle jette un

cri perçant et terrible ; son amant demeure consterné....... Arrête, arrête,
s'écrie-t-elle, l'amour nous a surpris,
qu'il ne nous avilisse point !.... Icilius
étouffe ses paroles sous de nouveaux
baisers..... Eperdue, indignée, Virginie
le repousse. Icilius, lui dit-elle, une subite faiblesse m'a mise dans vos bras,
je ne puis vous résister..... perdez-moi,
dégradez-moi ; mais recevez mon éternel adieu....., je ne vivrais point déshonorée !.....

   L'accent dont Virginie prononça ces
mots, était si énergique, il régnait dans
ses yeux tant de souffrance et de dignité, que Junius n'osa poursuivre......
Chère amie, dit-il, n'allons-nous pas
être unis, ne le sommes-nous pas déjà ?
Vénus ne sanctifie-t-elle pas les feux
qu'elle inspire ? rétracte donc ton funeste serment. — Quand j'aurais cette
bassesse, reprit la vierge avec plus de
force, elle serait superflue, l'honneur
est à la vie morale, ce que l'air est à

l'existence physique..... non, non, je le répète solennellement, ajouta-t-elle, en levant les mains au ciel, j'en atteste les dieux, je ne survivrais point à ma honte : embrasse ta victime si tu l'oses. Icilius se lève précipitamment. Fille de Virginius, dit-il avec un violent dépit, j'ai cru jusqu'à ce jour que je vous étais cher, je suis bien cruellement détrompé, puisque dans un moment où la femme la plus froide, la plus insensible, eût été tout amour, toute volupté, vous m'avez arraché le bonheur !..... Quoi, ajouta-t-il en s'animant de plus en plus, je suis à demi son époux, dans quelque temps on va légitimer ma félicité, un profond mystère la dérobe à tous les regards..... et elle préfère une chimère scrupuleuse à son amant !.... — Icilius, si j'exigeais de toi que tu rendisses les armes à un ennemi, sous prétexte que la paix est prochaine, et que ta lâcheté n'aura nul témoin, que répondrais-tu ? — Virginie, si vos

cruels refus pouvaient me laisser
quelque doute sur votre indifférence,
ce raisonnement faux et révoltant me
la confirmerait... ah! perfide, pourquoi
m'as-tu flatté de posséder ton cœur?
que ne me disais-tu que tu ne m'aimais
point?..... — Je ne t'aime point! reprit
Virginie d'un ton noble, mais doux,
Junius, le peux-tu dire? le peux-tu penser? je ne te rappelerai point que mes
vœux, mes craintes, mes plaisirs, mes
peines, tout mon être est enflammé
par toi, se rapporte à toi; mais pour
preuve de ma tendresse, (et je ne
le devrais pas peut-être) je te pardonne
non-seulement d'avoir abusé de ma
confiance, égaré ma candeur, cherché à
m'entraîner dans l'abîme, mais encore
de persister dans ce coupable projet,
quand mon désespoir t'a fait entendre
le cri de l'honneur; je te pardonne tout,
j'oublie tout...... — Ah! Vénus, quelle
est ta puissance! Tu la reconnais,
Virginie, tu pleures, tu es à moi..... —

3.   18

Oui, je pleure; mais c'est de douleur et d'indignation!..... quoi, mon amant, mon époux, mon guide veut me désespérer, m'avilir? ah! fuyez, Icilius, fuyez, il en est temps, si vous ne voulez que je vous accable de ma juste colère. — Icilius reste interdit, l'amour l'emporte, le respect l'enchaîne: il jette autour de lui des regards égarés, aperçoit Icilia, et s'enfuit rapidement. Virginie jette un cri plaintif, et cache son visage dans ses mains. Comme il se hâte de m'obéir, dit-elle, sans voir Icilia! — Qu'avez-vous, ma sœur, dit celle-ci, qui avait accéléré sa marche, et qui considérait Virginie avec un œil scrutateur? — Virginie lève la tête en rougissant; êtes-vous là depuis long-temps, s'écrie-t-elle. — Non, j'arrive à l'instant même. — Ah! plût aux dieux que vous eussiez précipité vos pas! — Pourquoi? — Icilia,... mon amie, dit Virginie dans le plus grand trouble, permettez-moi de me retirer, je me sens souffrante. — Non,

Virginie, je me retire moi-même : de-
meurez, ce lieu doit vous être cher,
répond Icilia en souriant avec une ma-
ligne joie : elle est tombée, se dit-elle
en s'éloignant..... ah! la pure Virginie
a échoué au port, c'est la commune
destinée, nulle ne peut s'en garantir.

Dès que Virginie se voit seule, elle
tombe le visage contre la terre, qu'elle
inonde de larmes; ses sanglots arrêtent
sa respiration, et elle ne retrouve la
voix que pour exhaler des plaintes dé-
chirantes. O dieux! se dit-elle, je
croyais que ce lieu devait augmenter le
sentiment de ma félicité..... Insensée!
il est consacré à ma naissance, n'est-ce
donc pas l'être à la douleur? Elle se
tait un instant. ... Eh quoi, il m'abandonne! pourquoi l'existence ne m'a-
bandonne-t-elle pas aussi; maintenant
qu'en ferai-je? c'est donc ainsi que les
dieux payent la vertu? malheureuse!
qu'oses-tu dire? l'honneur n'est-il pas
lui-même sa récompense? qu'est-il de

plus que lui?..... il est supérieur à l'a-
mour..... Songe à ta détresse, à tes re-
mords, si tu l'avais perdu....., et rends
grâce aux immortels!

A ces paroles, Virginie se lève avec
rapidité, sèche ses pleurs, et levant les
yeux vers le céleste séjour, remercie
Vénus-Uranie. Une noble et vive é-
motion l'inspire, une intime et généreuse confiance lui fait envisager l'a-
venir. O sublime et douce influence de
la vertu! quelque soient les combats
qu'elle suscite, les peines qu'elle cause,
les sacrifices qu'elle exige, on éprouve
l'effet de ces mots gravés dans notre
âme avec le feu divin qu'y porta Pro-
méthée : « Sèmes la sagesse, tu recueil-
leras le bonheur. »

~~~~~~

CHAPITRE XXXIX.

Histoire d'Icilia.

CETTE magnanime inspiration anima
constamment Virginie, mais elle se
voila bien, hélas! lorsque le lendemain
s'écoula tout entier sans qu'Icilius se
montrât chez son tuteur. La désolée
Virginie crut alors qu'égaré par ses
transports, et plein de dépit de ne les
pouvoir satisfaire, il s'était éloigné
sans retour.

Qu'il en était loin! sa raison obscur-
cie un instant était revenue, et avec
elle son inaltérable attachement à
l'honneur, à l'amour. Il accourait dès
le matin aux pieds de son amie lui
peindre sa tendresse, son admiration,
son repentir, et solliciter son pardon,
lorsqu'il rencontra ses amis éperdus

qui l'entraînèrent en lui disant : Il n'y a
pas un moment à perdre ; il faut éclairer les sourdes menées d'Appius, qui
veut avancer l'assemblée et réunir tous
les suffrages. Mais Virginie ignorait
cet incident, et tour-à-tour en proie
aux tourmens de l'inquiétude, à l'ac-
cablement de la tristesse, aux flammes
de l'indignation, elle semblait connaître le chagrin pour la première fois,
tant elle en était dévorée. Hélas ! se
disait-elle, l'amour est donc incompatible avec la félicité ! je l'ai déjà dit du
repos, mais, grâces aux dieux, je ne le
dirai jamais de l'honneur !

Mais vainement le supplice de la
sensible et vertueuse romaine se mul-
tipliait et s'envenimait à l'excès, elle ne
conçut pas un regret d'avoir suivi son
devoir, pas un projet de rappeler Icilius. Azamé, surprise et désolée de l'affliction de sa fille adoptive, dans le
temps même que le titre de fiancée
devait combler tous ses vœux, né ces-

sait de l'interroger, et n'en obtenait
que des réponses vagues sur les craintes
de la continuation d'Appius-Claudius
dans le décemvirat; car Virginie préférait mille fois passer pour inconsé-
quente et bizarre, à la souffrance
d'accuser si gravement celui qu'elle
adorait.

Cette cruelle épreuve se renouvela
encore le second jour. Icilia, qui avait re-
marqué la disparition du jeune couple,
le soir de la fête Sponsalia, la fuite d'Icilius, le trouble de Virginie à son aspect,
et qui voyait depuis cet instant l'éloignement de l'amant et le désespoir de
l'amante, jugea que celle-ci déplorait une
faiblesse : elle résolut de s'en assurer. A
l'heure si favorable aux aveux, où le jour
n'est plus et la nuit pas encore, l'épouse
de Sempronius se rendit près de la triste
Virginie, qui tournait et retournait entre ses doigts un ouvrage qu'elle regardait sans voir. Icilia la presse, la conjure, par tout ce qu'elle peut imaginer

de plus persuasif et de plus touchant, de lui confier la peine qui l'oppresse : plus Virginie s'en défend, hésite, se trouble, plus Icilia insiste, et finit par lui promettre une confidence réciproque ; alors le désir de consoler Icilia, l'espoir qu'elle ramènera son frère, déterminent Virginie, et les yeux attachés sur la terre, le front couvert de rougeur, d'une voix basse et tremblante, la vierge raconte la voluptueuse scène du bosquet... Ah! que tu es heureuse, s'écrie Icilia. — Heureuse! reprend Virginie, je l'ai pensé d'abord ; mais maintenant qu'il me fuit, qu'il me hait.... — Jamais tu ne fus plus certaine de sa fidélité et de sa tendresse... Virginie, je te l'avoue, te croyant coupable, je t'ai offert ma confiance, mais vierge si noble et si pure, comment te dire le terrible secret.... — Gardez-le, gardez-le, reprend vivement Virginie. — Non, tu l'a pressenti : tu me juges peut-être plus criminelle que je ne le

suis en effet, connais donc mon erreur, mon éternelle infortune, et jouis
de ta destinée.

Icilia se lève, marche quelques instans dans l'atrium, puis, reprenant sa
place auprès de Virginie, avec un
calme factice, elle lui raconte ainsi sa
déplorable histoire :

Avant de vous décrire les circonstances de ma faute, permettez, mon
amie, que je vous en rappelle les causes.
Née avec une imagination ardente, un
esprit indocile, des passions impétueuses, la sévérité outrée de ma mère,
l'unique société d'Icilius, les louanges
qu'il prodiguait à l'élévation de mes
idées, à l'énergie de mes sentimens,
un genre de vie indépendant et mâle,
si opposé aux habitudes de mon sexe,
tout contribua à me donner une fougue audacieuse, qui regardait un conseil comme une insulte, une précaution comme un acte de pusillanimité,
une bienséance comme une entrave.

3.   19

Ma famille vint s'établir à Rome ; mon frère vous vit et vous aima : le charme de votre mutuelle tendresse, le désir de l'amour propre, l'habitude de me livrer sans réserve à toutes mes impressions, et dix-sept années, développèrent en moi le besoin d'aimer à un degré tel, que je connaissais l'amour avant l'amant : mille fois le jour, je me retraçais les agrémens, les qualités de mon vainqueur à venir, le trouble enchanteur de sa rencontre, l'ivresse des aveux, la suprême volupté de l'hymen,...... insensée ! hélas ! comme un enfant mutin, j'ai joué avec une flamme brillante, et j'en ai été consumée....

J'étais dans ces dangereuses dispositions, lorsque je vis Sempronius le jour de la revue des chevaliers, sur la voie du Capitole. O chute funeste, trop assuré présage, accident plus affreux qu'un malheur, toi qui m'as causé depuis tant de larmes, combien alors ne t'ai-je pas béni !

Vous vous souvenez sans doute, Virginie, avec quelle malveillance Délius fut
accueilli par mes parens, lorsqu'il vint
s'informer de ma santé, et comment il
fut généralement dénigré après son
éloignement : vous savez que reçu plus
mal encore le surlendemain, il abrégea
beaucoup sa visite, et sortit d'un air
contraint et fâché, qui semblait annoncer que ce serait la dernière. Tour-
mentée de cette appréhension, j'eus
l'imprudence de me rendre sous le
portique pour le voir encore une fois.
J'y maudissais intérieurement ma famille, dont la prévention allait me
priver d'un lien qui seul me paraissait
l'existence; j'en pleurais de dépit, lorsque Sempronius vint à passer : il m'a-
perçoit, s'élance à mes pieds. Divine
Icilia, me dit-il avec rapidité, un mot,
un unique mot, mais qu'il décide mon
sort; si je vous suis indifférent, dites-
le-moi, et à la première bataille, vous
saurez qui aura dirigé le coup mortel

contre mon sein : si, au contraire, vous ressentez une étincelle du feu qui m'embrâse, trouvez-vous demain à la douzième heure au temple de Castor et Pollux, près du Vélabre (20). Que pourriez-vous redouter, Icilia? cette entrevue? elle aura lieu en présence des immortels ; mon caractère? ah ! noble amie, songez que Virginius et votre frère détestent en moi l'ennemi des tribuns, qu'ils s'associent à leur vengeance, et ne peuvent qu'en me calomniant près de vous me ravir le bonheur ; car ils savent trop que vous êtes affranchie de la puissance paternelle, et que ma brûlante passion doit vous toucher. J'hésitais ; Sempronius se relève à demi. C'en est assez, ajoute-t-il ; si vous partagez leur aveugle haine, tout ce que je dirais serait inutile, et si vous m'aimez, encore plus.... mais non, non, je ne puis me résoudre à quitter la vie sans interroger une dernière fois l'espérance ; Icilia, je vous attends

demain ; dans le temple désigné pour
vous y jurer un éternel amour, ou
pour me consacrer aux divinités infernales.

La crainte de trahir mes devoirs, le
reproche d'accorder un rendez-vous
secret et presque nocturne à un homme
que je ne connaissais que par le blâme
universel, n'étaient pas assez forts pour
surmonter mon ardeur de lier une
amoureuse intrigue et la terreur des
menaces de Sempronius, mais ils les
balançaient encore. La rigidité de ma
mère me décida : elle avait remar-
qué mon émotion devant Délius, et
me dit, avec un ton impérieux et sévère : Icilia, vous avez oublié que vous
êtes ma fille, en attachant sur Sempronius des regards où respiraient la fougue et l'extravagance de la passion.
Accoutumé à vivre parmi de viles
courtisannes, ce romain dissolu, indigne d'un si beau nom, confondra
peut-être votre imprudence avec leur

infamie : pour éviter une semblable
opprobre, je vous avertis que si dorénavant vous paraissez en sa présence,
je vous chasse à jamais de la mienne.

Révoltée de cet ordre absolu, outrée
d'être forcée d'y obéir, persuadée que
vous participiez à l'antipathie d'Icilius,
entraînée par mon amour, je suivis ma
funeste destinée.... Je me rendis au temple des divins jumeaux : Sempronius m'y
avait précédée. Dès qu'il me voit, il se
précipite avec transport sur ma main,
et m'entraînant vers l'autel, ô ma bien-
aimée, s'écrie-t-il ; viens, que je te
consacre l'existence que je te dois, car
sans toi, je ne saurais vivre ; viens, que
je te jure de ne connaître d'autre espoir, d'autre bien, d'autre gloire que
de t'idolâtrer. Je répondis avec abandon à cette effusion passionnée, et lui
promis, pour satisfaire à ses instances
réitérées, et au vœu de mon cœur, de
venir chaque jour, à pareille heure, dans
le temple.

Pendant une année entière, je fus
exacte à ces dangereux et séduisans entretiens. Nous nous y peignions notre
tendresse avec des expressions enflam-
mées : nous y déplorions notre esclavage, nous y concertions les moyens
de parvenir à être époux ; nous mêlions
des soupirs à notre joie, des plaintes
à nos espérances. Cette agitation, ce
mystère, le charme de braver l'opinion
publique, une tyrannique défense, ré-
pondaient à l'audacieuse témérité de
mon humeur. Heureuse et fière de
mon amoureuse liaison, l'esprit uniquement occupé de ses intrigues, le
cœur entièrement rempli de son ardeur, je n'avais plus ni d'autres idées,
ni d'autres sentimens. Les conseils de
la raison, l'autorité du devoir, me
semblaient une gêne cruelle et superflue,
et les affections de la nature, les efforts
de l'amitié, loin d'arracher ma volonté
à mon penchant, n'avaient pas même
la faculté d'en éloigner mon attention :

tout me paraissait devoir s'y rapporter.
C'est ainsi, Virginie, que bien que je
connusse l'amour de mon frère pour
vous, et le motif qui le forçait au silence, quoique je vous visse déplorer
son indifférence, je ne regardais votre
affliction que comme un moyen d'obtenir votre protection contre mon
tuteur; et la noblesse de vos refus me
fit persister dans la lâcheté des miens.

Laissons ce souvenir, interrompit
Virginie, avec une généreuse vivacité.
— Non, ma chère, reprit Icilia, je veux
vous faire connaître par quelles grada-
tions je me suis perdue : hélas! ce premier égarement m'avertissait de celui
qui devait le suivre : quand la passion
enlève à une femme la touchante bonté
de son sexe, elle n'est pas éloignée de
lui en ravir la pudeur : les qualités du
cœur se tiennent l'une à l'autre. Lorsque le soleil a dévoré le parfum d'un
lys, n'en altère-t-il pas bientôt la blan-
cheur ?

J'avais successivement accordé à Sempronius, la liberté de me voir en secret,
celle de m'écrire, de m'offrir des présens ; il avait obtenu mes tablettes, mes
cheveux, mes bandelettes, mes réseaux,
il ne restait plus que le don de ma personne : je croyais par toutes ces légères
faveurs interdire la faveur suprême ;
quelle aveugle stupidité ! je ne voyais
pas qu'elles en étaient des gages !

Le printemps revint ; je continuai
régulièrement à me rendre dans le temple des fils de Jupiter. Un jour j'y trouvai Sempronius, excessivement agité :
je lui en demandai avidement la raison. Ma bien-aimée, me répond-il,
d'une voix basse et embarrassée, nous
ne pourrons plus nous voir. — Qui peut
nous en empêcher ? — Mille causes,
hélas ! Le sénat va dorénavant s'assembler dans cet édifice, dont les divinités,
que tout le peuple prend ordinairement
à témoin (21), inspirent plus de confiance, et dont la proximité du Forum

mettra les pères conscripts à même de surveiller les manœuvres des tribuns ; outre cela, un esclave de ton frère nous épie : nous sommes forcés de parler bas, d'abréger la durée et le nombre de nos rendez-vous : il ne tient qu'à toi de sortir de cette contrainte. — Comment? — Ecoutes, chère amie; je possède un délicieux jardin dans l'île du Tibre (22). Nul autre que moi n'y pénètre : il est enclavé dans le bois sacré du dieu Faune; nous n'aurons point à redouter les regards indiscrets et curieux, et lorsque tu me quitteras, tu sembleras sortir d'une pieuse promenade. — Délius,..... je ne puis. — Oui, reprit-il impatiemment, si tu veux prendre plus de précautions contre ton amant que contre tes ennemis : que crains-tu? dans nos fréquentes et solitaires entrevues, ai-je jamais effarouché ta pudeur? la confiance ne suit-elle pas l'amour? n'aspirai-je pas uniquement à posséder ton

cœur, à parvenir à ta main? et si en=
fin ta céleste beauté égarait mes vœux,
l'énergie et la pureté de ton âme ne te
rendraient-elles pas maîtresse de mes
transports? à moins que tu ne partages
l'opinion paradoxale de Térentille et
de Virginius, qui pensent que, dans
une femme, la force du caractère est un
indice de faiblesse. — Lors même que
je n'eusse aimé que modérément Sempronius, cette dernière phrase m'aurait
ébranlée : elle me persuada ; je con=
sentis à me rendre à ce nouveau théâ-
tre de nos entretiens, ou pour mieux
dire, de ma chute.

Nous nous réunissions chaque jour
dans un bosquet de platanes et de sycomores, dont un triple rang d'oran-
gers nains, de cytises et de rosiers plantés en amphithéâtre, remplissait l'en=
ceinte, et ne laissait qu'un étroit
intervalle semé d'anémones et de saus-
saie, qui semblait être un lit préparé
pour le plaisir. Ce voluptueux réduit

était situé sur la hauteur, et à travers
le chèvre-feuille suspendu aux branches
des platanes, comme les festons qui dé-
corent la porte nuptiale, nous décou-
vrions tout l'intérieur du jardin, ses
sources argentées, que des nymphes
dirigeaient, ses arcades de marbre blanc
qu'enlaçaient des arcades de verdure,
ses grottes enchantées, dont un double
rang de pêchers et de myrtes, symboles du silence et de l'amour, défen-
dait l'entrée, et ses groupes de fleurs
dessinés en corbeilles, en vases, en
cerceaux ; nous dominions aussi l'île
avec ses bocages et ses temples. Le Tibre, avec sa forêt de barques timides et
de trirêmes majestueuses, et les masses
imposantes des édifices qui couronnent
les sept collines de Rome, achevaient
cette riante et superbe perspective.

Je vous décris longuement les lieux
de ma faiblesse, pour en éloigner le
récit : ô faiblesse terrible et délicieuse!
comble d'infamie et de félicité!.....Vous

frémissez ; pardonnez, Virginie, je m'é-
gare. Hélas ! que vous dirai-je, comment m'expliquer ?

Il y avait deux mois que je fréquen-
tais ce dangereux séjour. Sempronius
devenait de plus en plus ardent ; il me
remettait chaque jour des lettres brû-
lantes (vous en vîtes le modèle) qui
rendaient son souvenir non moins séducteur que sa présence ; j'espérais que
sa prochaine promotion au consulat
allait vaincre l'obstination de ma famille..... Enfin, un soir nous étions au
jardin de l'île, plus tard que de coutume : le soleil s'était retiré, la lune ne
se levait pas encore ; déjà un douteux
crépuscule enveloppait tous les objets ;
l'étoile de Vénus paraissait seule dans
les cieux ; le bruit lointain de la ville
s'affaiblissait par degrés, on n'entendait plus que les sourds roulemens des
flots du Tibre, et les derniers murmures
des oiseaux : à l'extrême chaleur du
jour, succédait un vent léger, qui agi-

lait mollement le feuillage, et nous cou-
vrait des pétales embaumés des fleurs
d'orange et des roses. Assise près de
Sempronius, ma main dans la sienne,
plongés tous deux dans un profond silence, je sentis un trouble inconnu et
puissant..... (Ah! dieux, l'on donnerait
sa vie pour ne l'avoir jamais connu, ou
pour le connaître encore). Une ivresse
qui versait des torrens de feu dans mes
veines, oppressait ma respiration, dé-
robait tout à ma vue..... En ce moment,
Sempronius pousse un long soupir, me
serre fortement la main, m'attire sur
son sein ; je m'y précipite, et..... — Et
tu fus déshonorée, interrompit Virginie avec un cris d'horreur, et dou-
blant son voile sur son visage pourpre
et bouleversé. — Je songeais d'abord
seulement que j'étais heureuse, reprit
Icilia : mais lorsque la fougue d'enchantement fut calmée, je mesurai mon
crime, et je devins tour-à-tour altérée
et furieuse. Chère amante, me dit Sem-

pronius, notre faute est toute entière
à tes parens ; leur cruelle opiniâtreté
a fait refouler vers nos cœurs une
flamme dévorante dont ils ont été
consumés..... Mais, que dis-je, notre
faute ? Nous n'en avons point commis ;
nous sommes époux. Si une commune
demeure, pendant un an, quelques
chétives pièces de monnaie, une victime offerte devant dix témoins, for-
ment un hyménée, ô mon Icilia, cette
présence continuelle de pensées depuis
l'instant où nous nous sommes ren-
contrés, le don de tout notre être, ce
sacrifice d'amour qu'inspira la nature, et
dont elle est le dieu, le temple, le pontife,
ne nous ont-ils pas unis ? Oui, ce sont là
les forts, les véritables liens : les autres
n'en sont que l'apparence : reçois donc
le titre de mon épouse ; dès ce moment
il t'appartient, j'en atteste les immortels, et dans peu je le ratifierai devant
les hommes.

Ce discours, l'espérance de légitimer

bientôt nos plaisirs, les caresses de mon
amant, l'ivresse de ma passion, l'indépen-
dance de mon humeur, apaisèrent mon
désespoir et ranimèrent mon courage.

Je retournais constamment au jardin
de l'île. Délius, plus familier, était plus
confiant, plus tendre, et notre amour
avait gagné en affectueux abandon
ce qu'il avait perdu en pureté : j'étais
donc encore satisfaite , mais devant
Sempronius seulement. Lorsque je me
trouvais seule, la pensée de mon dés-
honneur m'apparaissait comme une
ombre menaçante : un trouble de douleur et de honte surmontait l'enivrement de mon imagination, empoison-
nait la douceur de mon amour. Hélas !
un reproche amer et continuel, une
pénible émotion à l'aspect de la vertu,
la contrainte de ne pouvoir confier
mes tourmens et de redouter votre
amitié, n'étaient supportables que par
l'idée que mon prochain mariage allait
bientôt y mettre fin, et j'appris succes-

sivement la nomination d'Appius à
la dignité de consul et de décemvir.....
A cette nouvelle, je crus être parvenue
au dernier période du chagrin et du
repentir, lorsque je sentis dans mon
flanc..... ô moment d'angoisse et de suprême félicité! mélange enchanteur,
terrible, inexprimable!..... J'allais être
mère, et mère déshonorée! L'hymen
ne pourrait pas couvrir ma faute; je
me voyais en butte au mépris général,
à une compassion plus insultante encore, aux outrages de la famille Sempronia, qui refuserait d'admettre dans
son sein une fille flétrie; je vous en-
tendais me dire :«Je l'avais bien prévu;»
j'envisageais les combats de mon frère
et de mon amant, les sanglans reproches de mon tuteur, la malédiction
de ma mère..... Eh bien, Virginie, le
doux et sacré frémissement de mon
sein, la joie de me voir renaître, de
reproduire Sempronius, ce nouveau
lien qui m'attachait à lui et allait ac-

3. 20

croître sa tendresse balançaient ce torrent d'horreurs, et la reconnaissance,
bien plus que les regrets, faisait couler mes larmes.

TABLE

DES CHAPITRES

DU TROISIÈME VOLUME.

—∞—

NOTES

DU TROISIÈME VOLUME.

~~~~~~~

(1) Les comices étaient des assemblées du peuple romain, établies pour traiter des affaires publiques ; comme accepter des lois, créer des magistrats, porter des jugemens. Ce nom de Comices vient d'un mot latin, qui veut dire s'assembler. Il y en avait de trois sorte.

La première espèce, nommée Comices par curies, se faisait, selon la division des Romains, en trente curies, qu'avait d'abord établi Romulus ; elle était la plus ancienne et la plus simple.

La seconde manière s'appelait Comices par centuries ; sans entrer dans une longue et scientifique explication, déplacée dans cet ouvrage, je dirai seulement que ce genre d'assemblée était favorable aux riches, parce que le dénombrement selon les biens formait un grand nombre de centuries opulentes, et une seule qui renfermait tous les citoyens pauvres. Ce système fut établi par le roi Servius-Tullius.

La troisième espèce de Comices était dite Comices par tribus. On y venait de tous les pays soumis à la république, et l'on donnait et comptait les suffrages par tribu. On commença à les tenir l'an 263 de

Rome, pour le jugement de C. Marcius Coriolan, parce que les tribuns qui voulaient sa perte, pensant que, dans les comices par centuries, le noble accusé serait absout, exigèrent cette sorte d'assemblée, où les suffrages des plébéïens balançaient ceux des patriciens.

Les Comices par centuries étaient seules précédées par les auspices, et par l'agrément du sénat. Toutes ces diverses assemblées avaient cela de commun, que pour élire des magistrat, le peuple se réunissait au Champ-de-Mars ; pour faire des lois, ou prononcer des jugemens, au Capitole, au Cirque Flaminius, au Marché public. Dans ce dernier lieu, chaque tribu était séparée l'une de l'autre par des cordes tendues, ainsi que cela se pratiquait à Athènes.

(2) Avant que le peuple, écrasé de dettes, et exaspéré par la poursuite de ses débiteurs, qui le réduisaient à l'esclavage, se fût retiré sur le Mont-Sacré, en 260, sous la conduite de Sicinius Bellutus, et eût à cette occasion exigé des tribuns pour protéger ses intérêts, l'autorité résidait dans le sénat et entre les mains des consuls, sans opposition.

(3) Se dévouer aux dieux infernaux était se livrer à la mort, pour apaiser la colère de ces divinités. Après que le pontife, revêtu d'habit de deuil, avait immolé des victimes noires, dont il baissait la tête vers la terre, et fait des libations d'huile et de sang, en frappant le sol avec les pieds (parce qu'on croyait que les divi-

nités infernales habitaient sous la terre), on prononçait sur celui qui se dévouait une certaine formule, qui attirait sur lui tout le courroux des dieux, et il se précipitait à corps perdu dans les rangs ennemis. L'histoire fournit plusieurs exemples de cette magnanime superstition, entr'autres la mort de Décius.

J'observerai que les sacrifices pour les divinités célestes étaient absolument contraires à ceux des divinités infernales; dans les premiers, les vêtemens des prêtres étaient blancs, les victimes devaient être de la même couleur; on redressait leurs têtes vers le ciel, on priait les mains relevées, on versait le sang sur l'autel, tandis que pour les seconds on le répandait dans un trou que l'on creusait dans la terre. Toutes les autres cérémonies étaient de même entièrement différentes.

(4) Parmi les ministres attachés aux prêtres, il y en avait appelés Fictores, qui représentaient les victimes avec de la pâte ou de la cire, car les sacrifices en apparence passaient pour des sacrifices réels. Au reste, sur tous les animaux offerts aux dieux, on jetait, avant de les égorger, une espèce de pâte faite de farine et de sel. Cette pratique se nommait immolation, d'où vient le terme immoler, *immolare.*

Cet usage, introduit par Numa Pompilius, ainsi que celui de n'employer dans les libations que du vin d'une vigne taillée, avait pour but de rendre l'agriculture sainte et vénérable.

(5) Après leur nomination, les consuls se rendaient au Capitole pour immoler un bœuf, en actions de grâces, à Jupiter. Ils y prenaient aussi les marques de leur dignité, la robe consulaire bordée de pourpre et le bâton d'ivoire.

(6) La chlamys était à-la-fois un vêtement pour la guerre, les voyages et le travail ; elle était courte et attachée avec une boucle seulement.

(7) La magistrature dictatoriale, absolue et passagère, ne se conférait point par les suffrages du peuple, comme les autres charges de la république ; il suffisait qu'un des consuls, par un décret du sénat, choisît parmi les sénateurs consulaires. Cette nomination se faisait pendant la nuit, et après avoir pris les auspices.

Un dictateur, non moins puissant qu'un roi, était toujours créé dans une circonstance extraordinaire et dangereuse ; cependant l'histoire nous apprend qu'il fut souvent nommé pour enfoncer un clou, du côté droit, dans le temple de Jupiter ; c'était une cérémonie religieuse que les Romains croyaient préservatrice, et qu'ils employaient pendant la peste, ou après l'apparition de quelques phénomènes ; mais alors la dictature, qui durait ordinairement six mois, était déposée après cet exercice superstitieux.

(8) On plantait en terre deux javelines qui en soutenaient une autre en travers. Les vaincus passaient dessous nuds et désarmés. C'était le comble de l'ignominie militaire.

(9) A ce triomphe de Quinctius, les Eques pri-
sonniers parurent chargés d'un joug ; on en donne un
double motif, et parce qu'ils avaient subi la flétrissure
que je viens de décrire, et parce que leur vainqueur
avait été tiré de la charrue.

(10) La fête Palilia était instituée en l'honneur de
Palès, déesse des troupeaux ; elle était d'autant plus
solennelle, qu'elle était aussi celle de la fondation
de Rome. Les bergers offraient à cette déesse des libations de lait et de miel, et brûlaient de la paille en
son honneur pour purifier leurs troupeaux.

(11) Ce pont Sublicius avait été construit par
Ancus-Marcius, quatrième roi de Rome. Les pontifes étaient chargés de l'entretenir et de le réparer.
Plusieurs historiens prétendent que le nom de ces
prêtres dérive du soin qu'ils y donnaient ; ils ne devaient y employer aucun métal, mais du bois seulement ; en général, c'était un sacrilège impie que de
rompre un pont, et celui-là était regardé sur-tout
comme sacré. Ce qui m'a engagé à en parler, c'est
qu'il fut défendu par l'illustre Horatius-Coclès contre
toute l'armée de Porsenna.

(12) Le sénat ne pouvait s'assembler que dans un
temple, c'est-à-dire un lieu consacré par les augures.
Il se rendait souvent dans les temples de l'Honneur,
de la Concorde, d'Apollon, de Bellone, etc. C'est
pour cela que celui de Vesta n'était point sanctifié
par le rit augural, parce qu'il ne convenait pas que

3.   21

les sénateurs se réunissent dans une enceinte habitée par des vierges.

(13) Les magistrats plébéiens n'avaient point d'auspices , Romulus ayant confié aux seuls patriciens tout ce qui concernait la religion, pour rendre leurs prérogatives plus augustes et plus respectables.

(14) Milon le Crotoniate était, dit-on, d'une force si prodigieuse, qu'il portait un taureau sur ses épaules, et courbait des arbres énormes. On raconte que voulant un jour fendre un chêne, sa main y demeura.

(15) On partageait la chevelure des jeunes mariées avec un javelot nommé hasta celibaris, pour plusieurs raisons. D'abord parce que cette arme était consacrée à Junon, qui présidait aux noces ; en mémoire de l'enlèvement des Sabines, pour marquer que la femme partagerait tous les dangers de son mari, et qu'enfin elle enfanterait de valeureux guerriers. C'est sans doute par ce dernier motif, qu'il fallait que l'hasta eût blessé un gladiateur.

(16) La chirodota ou mameleata était une tunique regardée comme un vêtement indigne d'un homme, sur-tout si elle descendait jusqu'aux pieds. L'habitude de tenir sa ceinture lâche était une coutume voluptueuse et presque déshonorante.

(17) Les fêtes Juventalia se célébraient en l'honneur de Juventa, déesse de la jeunesse ; celles Terminalia, en l'honneur du dieu Terme, qui présidait aux bornes des champs ; on l'adorait sous la figure

d'une pierre. Le jour de sa fête, on le couronnait de fleurs, on l'arrosait long-temps de vin, et on lui offrait des gâteaux.

(18) Aux fêtes Lupercalia, célébrées pour honorer le dieu Pan, ses prêtres, nommés Luperci, couraient nus par la ville, entourés seulement avec les peaux des chèvres qu'ils venaient d'immoler. Ils formaient aussi avec ces peaux des fouets dont ils frappaient tous ceux qu'ils rencontraient, et principalement les femmes, qui s'empressaient de recevoir leurs coups, s'imaginant qu'ils les rendaient fécondes.

(19) Ces lois, tirées pour la plupart de celles de Solon, obtinrent l'approbation de plusieurs sages : entr'autres Héraclite écrivit à un de ses amis qu'il avait vu en songe ces lois régner sur l'univers, et toutes les nations les adorer en se prosternant devant elles.

(20) Le Vélabre était un endroit bas, près du Tibre, ainsi nommé, parce que ce fleuve, venant souvent à se déborder, on passait alors en bateau dans ce lieu pour aller à la place publique.

(21) On connaît l'origine de ces divinités. Le dictateur Posthumius leur fit bâtir un temple, en 257, pour leur rendre grâces d'avoir combattu pour les Romains dans la guerre que ceux-ci soutinrent contre les Latins. Ces dieux-frères étaient très-vénérés à Rome : chacun jurait en leur nom ; les hommes par Pollux, et les femmes par Castor.

(22) Selon Plutarque, parmi les biens des Tar-
quins était une pièce de terre, dans le plus
bel endroit du Champ-de-Mars. A l'époque de
leur expulsion, les blèds ne venaient que d'être coupés,
et les gerbes y étaient encore. On la consacra à Mars,
et comme on ne crut pas devoir profiter de la récolte
d'un terrain consacré, on prit les gerbes et les arbres
que l'on venait de couper, et on les jeta dans le Tibre.
Comme les eaux était basses, ces débris ne furent pas
emportés fort loin par le courant. Ils s'arrêtèrent, se
lièrent entre eux, et prirent racine au milieu du fleuve.
Le limon que portaient sans cesse les eaux, grossit la
masse et contribua à la lier encore. Tout ce que le
Tibre charriait dans la suite s'arrêtait à cet amas, qui
forma à la fin une île, qu'on appela Isle-Sacrée, ou
du Tibre, et qui fut ornée de temples, de portiques,
de bosquets, consacrés à trois divinités, Jupiter,
Esculape et Faune.

Les astérisques * indiquent les faits historiques.

www.ingramcontent.com/pod-product-compliance
Lightning Source LLC
Chambersburg PA
CBHW061432030726
47503CB00005B/1382